密涅瓦丛书
Minerva

他向上做了一个手势

发现了那个对面的摹仿者,有着与他

一样丰富的表情,他下意识地

让帽檐向下,但瞬间又好像意识到什么

……

华清,本名张清华,文学博士,执教于北京师范大学。主要从事中国当代文学研究与批评,出版有《中国当代先锋文学思潮论》《猜测上帝的诗学》等著作十余部;曾获华语文学传媒大奖2010年度批评家奖、十月诗歌奖等。曾讲学德国海德堡大学、瑞士苏黎世大学。出版诗集有《形式主义的花园》《一只上个时代的夜莺》,1984年始发表诗作,作品见《上海文学》《诗刊》《人民文学》《十月》《花城》《钟山》《作家》等刊。另著有散文集《海德堡笔记》《春梦六解》《怀念一匹羞涩的狼》等。

镜 中 记

华清 著

西苑出版社
·北京·

密涅瓦趁夜色降临

密涅瓦（Minerva），罗马神话中的第二女神，仅次于天后朱诺，在十二主神中居于第四位，是主司艺术、智慧、月亮、医药、诗歌、泉水、战争的女神，高于爱与美之神维纳斯。她随身携带的符号和道具，是一只象征智慧的猫头鹰。

她对应着希腊神话中的雅典娜，同时还对应着另一位专司记忆、语言和文字的女神——十二提坦之一的摩涅莫绪涅，她是希腊神话在罗马神话中的二合一的变体。其中后者还与天神宙斯幽会，生下了专司文艺与诗歌的缪斯九女神。

让我们来设想一下：密涅瓦，冷静的，充满智慧的，以美貌与理性结合的，具有至高精神力量的，真正懂得并守护艺术与科学的……这样的女神，不就是离诗歌最近的一位吗？

而且有意味的是，她总是在黄昏时分，或者在夜色中降临。

但密涅瓦的象征还不仅仅是泛指,她是诗歌与智慧的结合,是理性与力量的合一。所以她更像是一位当代的诗神,因为当代的诗歌中,确乎凝结了更多"思"的品质与对"言"的自觉,同时也有了更多复杂、暧昧和晦暗的经验气质——正像美国当代著名的文化批评家丹尼尔·贝尔所描述的那样。

丹尼尔·贝尔究竟是怎么描述的呢?他说:

"启示录里,智慧女神密涅瓦的猫头鹰在暮色中飞翔,因为生活的色调变得越来越灰暗。现代主义胜利的启示录里,黎明所展示的光彩不过是频闪电子管不停地旋转。如今的现代文艺不再是严肃艺术家的创作,而是所谓'文化大众'(culturati)的公有财产。对后者来说,针对传统观念的震惊(shock)已变成新式的时尚(chic)。"

这段话很复杂,但意思是清晰的。密涅瓦所喜欢和管辖的诗意,在古典时期,是暮色或者黑夜的色调;在现代,则不得不掺杂霓虹灯闪烁的景致。尽管它已被大众趣味与流行文化所感染,带有了消费与时髦的性质,以及对传统的颠覆,但这无疑也是"当代诗意"的一部分。或者说,在当代的文化与诗意之间,我们的女神已意识到——且不得不容许——它们实现了某种混合。

这与之前海德格尔的那些"启示录"式的话语,是何其相似。他曾叩问,在世界之夜降临之时,诗人何为?

显然,在以智慧打底的同时,诗歌在我们的时代具有了更多可能,它是创造与破毁的合一,是严肃与诙谐的混搭,是高雅与凡俗的互悖,是表达与解构的共生。

在技术的、机械复制的、消隐传统的世界之夜中,在大众文化的霓虹灯管的光影中,诗人何为?

本雅明和海德格尔们的药方,似乎稍稍有点过时,但依然令人尊敬。

他们的言说,显然也是"启示录"式的,所以有那么一点点悲情意味。而按照贝尔的观点,现代主义的胜利中,确乎应该包含了某种诗意的妥协。这同样是悲剧性的,但又属不得已。

那么就让我们接受这些现实,承认当下的诗意,它应该具有的——那种混合与暧昧的复杂性。这样,我们就会清晰地知道,在朝向一种逐渐清晰的当代性的道路上，适时和有效的写作，正变得越来越丰富和不确定。这是一个略显诡异的辩证法，但也是一个朴素和确定的小逻辑。

我们希望那些真正有抱负的诗人，会加入其中，他们决心与诗歌的历史作血肉交融的勾兑，同时又清晰地知道，如何以独立的见识，介入当代性诗意的发现与建构中。

显然，当代性的诗意向度，正是为密涅瓦而准备的。它在黄昏时分，冷静而机警地注视着人间，以智者的犀利，看透由历史转至今天的道路与秘密。

这正像瓦雷里所说："诗人不再是蓬头垢面的狂人"，他们总习惯"在昏热的夜晚掂诗一首"，"而是近乎代数学家的冷静的智者，应努力成为精练的幻想家"。是的，冷静的智者，精练的幻想家，瓦雷里所描画的，正是密涅瓦手上的那只猫头鹰的形象。

是的，猫头鹰！

注意哦，它不再是浪漫主义的夜莺。在它看来，夜莺的歌唱可能太过抒情，它那软弱而盲目的视线，在昏热的夜色中更被大大缩短。而现代主义的黑夜，加上各种斑斓之色与嘈杂之事的搅动，正好适合一直目光如炬的猫头鹰。

瞧,它趁着夜色降临了。

好,来吧,一只,两只,三只……

让我在最后说一点人话:这套"密涅瓦诗丛",始自我与多位朋友的密谋,开始仅仅是为这好玩的名字而迷醉,后来渐渐想清楚了它的含义,便有了将之变成现实的执拗冲动。只可惜,在最初的谋划中,它的落脚之处突然消失,在历经又一两年的蹉跎之后,才终于找到了"西苑",这块美妙的落脚之地。

现在,它变成了更为宽阔的名字——"密涅瓦丛书",也为自己脚下规划出了更大的回旋余地。因为这里是林木葳蕤、生机盎然的"西苑"。

我们在等待着优秀者的加入,他们对于那遥远诗神的召唤心领神会。

来吧,密涅瓦,快趁着夜色降临。

张清华

2021年12月6日,北京清河居

目 录

壹

002　读史
003　玻璃
004　撒旦诗篇
005　宠物店
006　春梦 *——兼致张枣
008　秘密
009　伊甸园
010　阿尔茨海默氏症 *
012　海滨邹鲁
013　镜中记
014　廉颇老
015　喜鹊之死
016　中元夜
017　卵石阵
018　石头又记

* 为包含创作手记篇章。

贰

020　　从火星遥望地球
021　　黑天鹅
022　　记梦
024　　回故乡
025　　口罩
026　　短片
028　　小旋风
029　　帕格尼尼：无穷动
031　　感觉
032　　迎春
033　　田野见
034　　海鸥 *
037　　肖像
038　　富春山居图

叁

042　　新春

043	歌哭
045	涉江
046	楚
047	惊蛰
048	渐冻症
049	夜游症
050	雪夜
051	吃瓜记忆 *
055	飞
056	风
057	秧歌队
059	数字游戏
060	背影
062	腐肉

肆

064	暴风雨
065	游园记
066	海滨棕榈

067 在惠安崇武古镇
068 噩梦
070 化蝶
071 蜻蜓
072 夜色
073 对峙
074 旧作
075 春日山西所见
076 鸟巢
077 在苏黎世遥望阿尔卑斯雪山
079 鸡鸣
080 枯叶蝶

伍

082 大荒
083 黑郁金香
084 拥吻者
085 止水
086 失明——致博尔赫斯

087　如果
088　木瓜
089　沉船
090　秋景
091　黄河
092　悼故友
093　兔子
094　蚊子
095　悼扎加耶夫斯基

陆

098　自画像
099　送亡友
100　野有蔓草 *
106　星空
107　飞蛾
108　暴风雪
109　岁暮
110　野火

111	猛虎
112	奠
113	李鬼
114	老贼——致程维
115	智能机器人 *

柒

120	游园记
121	重庆
122	年谱
123	跛子
124	看客
125	练习曲
126	记忆
127	狮子
128	狒狒
129	一车旅行的猪 *
134	一滩白鹭 *
137	叙事

139 纺织姑娘,或虚构的爱情故事

捌

144 闪电
147 鬼魂诗

玖

162 持续写作的动力
168 我想让过去的一切凝固下来
——关于诗歌写作这件事
172 为何要谈论当代诗歌的民间文化地理
——关于《中国当代民间诗歌地理》
所引发的话题
189 关于"新世纪诗歌二十年"的几个关键词

200 **后记**

壹

读 史

疯人船漂流于十七世纪的河上,划开了
一道岁月的金边。武士荷戟站在船上
头戴金黄的头盔,腰间挂着
镶银丝的牛皮剑鞘,眼神凝滞,表情包浆
庄严如尸身站立,肉身已成木乃伊

他抡着两把板斧砍了过去,一字排开
被杀的人惊呼着倒地,变成了蚂蚁
剩下的人回家,埋葬亲人,打理田地
交完岁尾的税赋,用剩下的碎银子
看一场讲书人声情并茂,关于英雄的说部

十年一座阿房,一千年会建多少
有多少石壕吏,就有多少猛虎,他所路见
不过九牛一毛。琴响高山流水一曲
可惜喽啰以下无兄弟,管他死球多少
十万,百万杞梁能堆多少石头?

塞北秋风烈马,江南春雨杏花
征人的血衣由谁收纳?一剑穿胸,血流如注
谁的呻吟在无人打扫的沙场回响
他班师回朝,他败为贼寇,他抢得美姬三两
他史笔如椽,轻描淡写,一笔穿越千秋

玻　璃

玻璃的伤口隐在岁月的泥土中
当你在黑暗中触到它
便会流血，且有尖锐如童年的刺痛
一片插入了泥土的碎玻璃
用记忆的尖锐，重新掘出了
那个阴郁而沉默的下午

一只树枝间的花喜鹊歪着头
定定地看着，这血淋淋的一刻
看着吮舐伤口的少年
将那片碎玻璃，从记忆里拔出
将一半咽下，另一半击碎
成为了无数粒晶莹剔透的钻石

撒旦诗篇

从邪恶的角度看,人世的繁华尚有无限
他们爱着贪欲,病毒般复制财富
在做着那亘古以来的荒诞游戏,一边
是荒芜的坟茔,一边是豪门的华府宅第
从荒芜到盛极,其实只有一页书
梦中醒来已变天,或是周遭已呈异象
而这会儿,撒旦感兴趣的,是眼睁睁看着
那园子的颓圮,以及槐树下蚂蚁的逃散
午时三刻,在一个幽闭的街角,有人看见了
化装成送递员的撒旦,正在为厄运拆封
他轻描淡写就把一个地址偷换,致使
一辆急救车呼啸而过,有人出门时跟前一黑
世界就变了模样,祸患已像霉菌一般蔓延
一张点燃的纸币,或是面值更加不堪的冥币
正从下午烧到夜晚,并终将变成
一场洗白一切的大火。所有呼救的人都
听见了他的冷笑,撒旦,换下了黑衣斗篷
变身为一位穿花衬衣的新式型男,依然
让梦中醒来的人们,因为余悸而打颤

宠物店

那拥挤的叫声中，有不易听懂的哀婉
没有镜子，但那亮汪汪的眼神里
有着养主的倒影。哭吧，你可以哭叫
但不会改变命运，不会把这精致的铁笼
变软，变得更软的只能是身体
不断低下去的身段。听到么
这拥挤中彼此的敌意，以及那宠幸者
更加慈悲变态的欢喜，瞧你
为什么不把整个楼宇变成宠物国
因为你们自己也要吃饭——吃同类的心
异类的肉，以及一切生灵，最后变成的灰

春 梦 *

——兼致张枣

那地方你一生中从没有去过
但为什么会有一种熟谙至魂魄的感觉
连老弗洛伊德也说过类似的话
其实生命中大部分的处境都是如此
从未抵达,却比故乡还要亲切
如同一些梦从未梦到,却有如
旧梦一般。这不,此刻你读到一首
从未读过的诗,你竟然感到它
是你多年前的旧作。"江湖夜雨十年灯"
这样的例子已成笑话。还有什么不能
当成是你自己的。那天边的绚丽晚霞
也像是刚从你的剪刀下裁出
那一刻,你不禁有点自满,自负,害羞
感觉你的须发如一场霜在悄然变白
你慢慢变成了义山,李煜
穿长衫的张枣,那个黑着脸
在水边迷路,在木梯子前发呆
在南山的梅树下失忆,且骑着马
梦里不知身是客,与梦中的陌生女人
并肩叠股,有一场潦草偷欢的人……

*　关于张枣的《镜中》一诗，历来有许多解读，但笔者认为绝大多数人的理解都属不得要领。或许这是一个"春梦"的片段，一些散碎的场景，其中的大部分情景的描写，并无确切的意义。

但有一点，此首诗可能还原了一些古典诗歌中的典型意象：如梅花、含羞梳妆的女人、皇帝等；同时也增加了一些具有性暗示意味的意象，如骑马、游泳、梯子等，这些看似无特定意义的事物叠加在一起，便集合起了一个有意味的语义场，变成了一个暧昧的场景。

最后，再将这些场景虚掷化，使之变为毫无具体的所指和意义，而"想起一生中后悔的事，梅花便落满了南山"之类的句子，则唤回了人们对于"虚无""禅意""美"等意念的想象，这首诗在不断"叠加"的意义上，便产生了一种奇怪且不确定的"意境"。

笔者的这首诗，其实是对张枣诗的一个阐释，增加了自己的一些体会和想法。但在格调和意象群上，试图保有原诗的一些痕迹和味道。

希望这个互文是靠谱的。

秘　密

墙内的杏花开成了什么样子
无人知晓,有人只是看见了
山墙外的一支。她招摇着如同
一件春光乍泄的裙子,有故意让你
受惊吓的意思。亲,这就是春天了
由你想象,无需多虑,就如
女孩子的年龄,抑或是一本诗集的印数
以及,今春死神账簿上的通知书

伊甸园

神的园子里落英满地,无人照看
果子已在枝头成熟,招摇着潮红
或墨绿的颜色。主云游未归,他总爱
在该出现的时刻缺席,以缺席凸显重要
而这时魔鬼化身的软体,正曲折前行
有趣的是,不惟上帝不在,亚当也正
迷失于丛林的深处。他流连于林中花朵
那些一如夏娃的美好姿容,但她们
有一种物化的风流,仅限于触觉
无法以肉身形容。这样的美必显得虚幻
但已拂乱了他的心性,让他怀疑
是否他就是园主——那如花女人的仆从
想到此,他壮硕健美的身体上
忽然长出了一根,不可思议的枝杈

阿尔茨海默氏症 *

最初她只是变得有些迟钝,说自己老了
容易忘事,后来她渐渐沉默寡言
她开始固执地重复一些话语
做毫无意义的动作。比如用扫帚扫空气
从早一直扫到晚。有一天她忽然想起了
遥远的童年,她试图走过冬日的冰河
要回到她出生的村落,去寻找她
已过世多年的爹娘,她一失足
便坠入了记忆的泥潭,差点
死于那冰冷的河里,直到被路人捞起
从此她就忘记了一切,不再认识
她的儿子,女儿,孙儿,孙女
这中间有个依次渐变的顺序
最后,是她不再认识她的丈夫,我的叔父
变成了智力相当于两岁的孩子……
2020 庚子年的最后一天,她死于全身
器官的衰竭。我的一生贫病的婶母
她的经历足以写成一部长篇,戏码稀松
平常凡庸,不至于感天动地
但足以让她的邻居和伙伴儿们哭泣
让一个深入中年的老侄,有一番
说不出话的感叹唏嘘……

＊ **此**诗是为婶母刘爱荣所作。

刘爱荣生于 1948 年，1971 年与我的叔父结婚，生有二男一女。一生为农妇，几乎未上过学，生长于短缺和艰难时世，她生性温和，与世无争。50 岁左右患上血小板缺乏症，经过长期治疗，病情得以控制。5 年前患上"阿尔茨海默氏症"，渐渐丧失自理能力。

这是一个渐渐"忘我"的过程：先是轻度失忆症，后转为重度，逐渐认不出周围的人，然后是自己的家人，最后是忘记了自己是谁，丧失了个体人格，乃至于最后完全丧失了自我意识。2020 庚子年的最后一天，以 73 岁寿终。

笔者在 2020 年夏季最后一次见到她，她已经不认识所有人，包括我。但依稀还知道叔父是她的监护人，故什么都听叔父的。见她时，她目光呆滞，手里拿着一条小棉被，不停地重复着一个掸灰尘的动作，对所有的问候都不做回应。令我非常感慨，感叹人世与人生之无常。一旦人到了这一步，就完全可以避开生与死的根本难题，做到无痛苦地生存，亦无痛苦地死去。遂想：生也，人欲也；死也，人惧也。但如此死，不也是一种解脱吗？

海滨邹鲁

遥远的北国里有人
来这里找到了故乡：邹鲁。意味着
诗礼簪缨，礼下庶民，或是礼仪之邦
要么是一座藏于东方某地的神秘园林

不，这些都未必
即便是语言所能够抵达
也不是一个北人可以体悟
——如果他此刻迷恋的不再是泥土

哦，那就让这邹鲁之人看海
从咿呀学语开始，因为是她
一决万里，打开了世界，并以山川险阻
召唤着陆地上，已行至尽头的人子

哦，他终于看到海滨！那浩瀚的馈赠
看到陆地从大海所修习到的一切
上善若水，还有那比任何语言
都更有说服力的一亿顷的汹涌与泛滥

镜中记

首先出现的是一只猴子,而后它
戴上了一顶帽子。这是一个意外,当他
洗完澡,整理好凌乱的毛发,刚好
有一场歌舞开幕。他一个激灵
就轻巧地站上了树梢,不,是胡桃木
做成的一枚高跷。

他向上做了一个手势
发现了那个对面的摹仿者,有着与他
一样丰富的表情,他下意识地
让帽檐向下,但瞬间又好像意识到什么
当他把手指抠向那幻觉
一个令它惊讶的事实出现——
这沐猴而冠的家伙来自哪里,他缘何

也用困惑而武断的手势拍着他。他们像老友
互相致意,有求必应,默契如一对孪生
它走来走去,时远时近,左右移动
细细打量它那多毛而丑陋的手势,如是者三
之后它终于明白,他,就是那个有生以来
不曾认识自己的怪物,来自于梦中
抑或是撒旦,所指引的黑暗处

廉颇老

他吃下了一根生猪腿后,已有些气喘吁吁
盾牌上血迹未干,刀剑上一片狼藉
然此刻他酒兴颇浓,于是呼来仆从
帮他宽衣解带,换了一副杯箸
他揩掉了胡须上的血迹之后
又喝下两大扎鲜啤,就着扒完了
一例大盘鸡,之后尚有胃口,他又点了
一大份沙拉,干掉了四个冰淇淋
之后再叫了一壶上好的岩茶——
这是他新近的爱好。那时他感到江山初定
脸上有了点笑意,可这时困倦来袭
脑门上油光可鉴的他,想吹半小时牛
也已兴致全无。就在他烂泥委地般倒下
忽然铃声大作,传来了敌军逼近的消息

喜鹊之死

流感中的一只花喜鹊,死于报喜的路上
它委屈地躺在那里,并不知晓
因为它并未抵达的喜讯
而今正有万千消息阻塞于路
报忧的蚂蚁们等在尸首边
先是列队哀悼,稍后是等待分食
它犹存的能量。而旁侧,那歪脖树上
意外幸存的树洞,正以黑黢黢的面孔
致达哀思。看,暴风雨就要来了
大片的黑云自西北而来,已围住城郭
一个黑衣人在归家路上
经过一小块草地时,迎面看到这一幕
表情凝重,不禁驻足了一分钟

中元夜

十字路口的火焰指示着谁家的路程
烟气所向,都是陌生人的身影
百年的魂魄们,想必人世的记忆已渐淡漠
他们离去时的悲伤,早已被灰土覆盖

哦,月光下的鬼魂,无家可归的鬼魂们
他们在向着火光中拾取远行的路费
仿佛火中取栗,火焰般跳动的姿势
他们的身体已经变轻,就像这火苗中的纸灰

月光下透明的灵魂们,可有亲人还在祭祀
有没有孤困中单行的落伍者
我望着他们沿飞灰飘荡的气流飞行
最终在天边,化作了一颗暗淡的彗星

卵石阵

河滩里浑圆的卵石阵,看上去就像
一座人头攒动的集市。从史前的繁盛中
突然湮灭于滚滚大河的一场
决堤中。随后有一场暴风雨
将他们赶入了历史的囚笼
让他们依次,被洪水蒸煮,被日光蜕皮
被历朝的研究者再细加打磨
成为圆润的沉默,珍宝般随遇而安
最后变成了这群沉默的亡灵
并在某一天作为一件浩大的作品
构成了另一座叫人震撼的奥斯维辛

石头又记

年轻时我不懂石头
当我路过一座山,或踢过一块
路边的石子。我看到它们
无关痛痒的样子,全无表情
哪怕上面覆满藤蔓,或是陷入了泥淖
盖上了一层薄薄的霜雪。
如果它们够小,我还会踢上一脚
如果它们够圆,我会顺手把玩
但我就是没有听见它的心跳
没有听到它前世的故事
直到一本书在秋风中打开
一场大雪覆盖了身后的路
一场大火烧着了梦中的天空
我终于触到它,那滚烫如炉灰的真容

貳

从火星遥望地球

它漂浮在苍茫的宇宙中
如一粒蓝色的尘埃
孤独的投影已不见于月球
——比它更小的兄弟在哪儿

这会儿天色已晚,夕阳黯了下去
一颗史前的草籽在谁的脸上滚动
它看见他拼命想抓牢它
生怕它飞离,他那戴着黄金王冠的面容

黑 天 鹅

她高贵且神秘的真身,习惯于突然间降临
是否可以作为异象,在岁尾迷蒙的黄昏?

但其实,这只是对她的猜测或想象
黑天鹅,事实上从未准备打扰到我们

可这是地球!这里总有冒犯一切的蠢人
他们喜欢把危险的美,当作最小概率的意外

哈,还有黑天鹅的黑,这是另一理由
可据此处置,烧作某个晚宴的当家菜

啊,注意啦注意,黑天鹅在哪儿
小心这会儿又有人,暗中已举枪瞄准……

记　梦

梦中我们回到了木轱辘马车的时代
我，川，林云，还有一个面孔模糊的兄弟
在摇晃中驶向南面的鲁国。车子上载满了
竹简，木牍。走着走着似乎还飘起了雪花
后来我们下了车，把自己变成骡马
泥泞中我们走走停停，仿佛陷入了
更慢的童年，大雪中慢放的回忆。
再后来，我们就看见了鲁国的国君
他衣衫单薄，在一个小村口朝这边张望
看到我们他立刻跑了过来，说好弟兄们
我等你们很久了，瞧这一身的雪花
大疫当前，能来就很不容易，真兄弟
今天有好酒，但是菜已有点凉了
你们先摘了口罩，马扎上稍歇
我去灶上热一下酒菜，哈。再后来我
就只记得酩酊大醉，醉后我们互相搂抱痛哭
边呕吐，边忧我黎民，念起了新写的旧诗

那一刻好生快意，悲凉慷慨，仿佛我们
就是孔丘，颜回和子路，或是杜甫，元稹
与小白。那一刻我们不知今夕何夕
只觉得国风浩荡，沂河融冰，广袤的诗意
在鲁国的山川回响不止，只是末了醒来
忽觉一切皆空……一句也未曾记起

回故乡

回故乡,我的兄弟带我一游
他指着一座大楼说
还记得吗,这里原来是福记羊馆
(每天中午,我们每人一个烧饼
一碗羊汤,吃得多来劲)而今,这是医院
我今儿下午要来查查体,最近一直痛风
他指着一个院落,有铁丝网绕墙
说,这是原来乡里的铸铁厂
旁边是镇府大院,而今呢
是区里的监狱。你我当年的那几个兄弟
一个上吊,一个癌症已死
还有两个就关在这座院子里——对了
上个月刚出来一个,据说原来的
脂肪肝和胃下垂都在狱中自愈
这算不算因祸得福?哈哈,对了兄弟
干脆这样,晚上你若有空
我查完体,约他一起喝杯酒聚聚?

口　罩

谁人的发明，用一块棉纱
遮住了全世界的表情
这世界，变得如此含混，暧昧
白色的冷漠，灰色的压抑，蓝色的虚假
良莠难辨的材质，积攒着难闻的口气
锁口之资是否已锁住满街飞沫，与垃圾？

唉，护命的口罩，隔绝病毒的口罩
同时也隔绝了悲伤与沮丧的口吻
叫人喘不过气来的，无以言喻的口罩
让一切词语都必得掩藏口型

使面目变得狐疑，使声音变得忸怩
的口罩……好吧，我们戴着，但是也在等
何时会有一阵大风吹来，或是
有一场夏日的烈火，将它们悉数焚烧

短 片[①]

你的飞船降落火星,但是飞船烧毁
氧气只够三分三十三秒,这时你想做什么
孤绝中,一只外星老鼠钻进了你的太空衣

这时你忽地从梦中醒来,发现你其实
是在"一战"的前线,你奉命舍身炸毁大桥
但双腿被炸断,离起爆点还差一米

一想到你美丽的未婚妻也在敌人车上
你就用尽了全身力气,可当你奋力向前
剧痛中的你发出了一声惨叫

呃,你惊醒来,发现自己又搞错了,此刻
你是在大西洋里,船沉了,你的腿上
还拴着拖船的绳子,你正被拖入黑暗的洋底

你喘不过气来,就要呛死于一口海水
却猛地从死亡中返回,发现泳池旁阳光灿烂
你正与童年的恋人促膝而坐,迎接生命中

[①] 该诗由获奖法语短片《画外音》的部分解说词改编而成,只最后一节为笔者另行虚构。

难忘的初吻。哦,梦中的甜蜜时刻
好像只享受了一秒,忽然你醒来,那时
旋律凄凉,你已抵达生命中无限惆怅的黄昏

小 旋 风

那个人怀揣丹书铁券
在小路的尽头遇见了小旋风
它打着旋儿,卷着树叶、柴草、木屑
从地面飞起,上下飘忽着飞向半空
他则看得发呆,想起已坐吃山空的半生
捏紧了他渐已羞涩的包裹,眼看着
这无中生有的片刻,这被风卷起的景致
他想到,那曾经大把的时光,还有
那散尽时的慷慨大度,大抵也不过
如此。一阵来自乌有之乡的小风
旋起世间的种种杂碎儿,又眼睁睁看着一切
在倏忽间,返回了尘土的初始

帕格尼尼：无穷动

只有丛林间的羚羊才会有这般跳脱的节奏
或许——还有穿过悬崖之后的风
巨石从斜坡上碾过西西弗斯之后的速度
彗星带着尾巴，燃烧着坠向冥河
还有什么？对了，是十匹烈马受惊
少年带着闪电去追。呵，连闪电也在短路！
何况滚滚而来的名声？对吗，帕格尼尼

加速！加速！快！是的——见鬼！
这是上帝创造宇宙时的速度。你只需
听命于着魔的手指，去让那造设的万物列队
然后迤逦而去。呵呵，只有鬼知道
你是被上帝和魔鬼同时选中的，帕格尼尼

但我们也很想问，生死时速中
这一切会不会失去得太快？因为这是燃烧
是水与火的爆裂，相聚与诀别的两个向度
神助与噩梦，才华和疾病，爱与死

>>>

作为说意大利语的法厄同,危险的
太阳神之子,谁不害怕你的癖好
那危险的悬空。致命的加速度
但这是没办法的事,一架被物理学定律
证明为不可能的机器,就在你手上诞生
同时也在你手上——毁弃。帕格尼尼

感　觉

黑夜将至，这消息带着疫病，风雨
暴风雨之前的潮气。地平线亮着闪电
有悖时令的气息，应和着行路人迷茫的心绪
这就是古人所说的如磐、如晦的时日
它将延至夜深人静，延至更远更暗的天际
行路人心里一紧，收拢了一下
已有些漏风的斗笠，弯腰疾速前行……

迎 春

料峭寒意中出现了这黄色的小花
在这寂静如默片的早晨

为何世界已停摆,而你却应时而来
为何人间仍被冰雪,你却偏要在枝头摇摆

我知道这是三月,关不住了
你想用耀眼的黄金,取代那密集的坏消息

来就来吧,只是请你知晓先后,务必
先去一下武汉,去那急救室的窗前

待上一会儿。请一并向阴湿多雨的湖北致意
告诉他们,此刻,有一个人眼含热泪

向所有身困残冬的人告罪。并祈求上苍
放还那拥挤不堪的春意,祈求一并归还

那人间烟火气的平庸,请!让这火星般的
小花,快点燃春日的大火熊熊

田野见

原野上渐次出现了季节的废墟
轮廓如天际线般益发清晰
所见景物此起彼伏,零落中显出参差
秸秆与枯草,乔木与灌木
微黄的稍早于泛绿,已枯干的
先行一步。你看见了,那些坚持站立的
正祭悼已躺下的,它们的时差大概有
一个月,几天,或一小时
但相同之处也在于时间,对
就是它,一如造物般公正且耐心
这架最后的田野收割机

海　鸥＊

这一只海鸥有着形而上的气质，她有
纸做成的双翼，飞行在精神湿重的年代
没有鹰那么高，但也不至于
像家雀那么低。你可以想象
它恰好出现在少年那并不伟岸的梦里
一只海鸥！翱翔在一个深夜，或是
一个曙色未明的早上，驮着一个
执迷的梦：并不暧昧，亦无情色之意
它简单到也成为了一只翅膀——仅有一只
它想飞起来谈何容易。在梦里，他
只记得那飞翔，在盘旋到头晕后
化为了一页纸，几个漂亮的句子。它们
是那般明晰，言之凿凿，确定无疑
且赫然落在了那明亮的翅膀上，占据了
一个低调的位置，或是某个页面的
中缝里。像圣餐会上一个羞涩的孩子
当他兴高采烈，试图大声诵读
忽地一道霞光将他从梦中射出
从此那首缥缈的诗篇，便在惊吓中逃逸
再未能想起半个句子……

*　**此**诗所记是一个年少时的"发表梦"。

1981 年或是 1982 年初夏的某个黄昏，我在教学楼外的山墙边看到一幕场景，几位同学围绕着一位风度翩翩的学长，在分享他刚刚发表在《海鸥》杂志上的一组诗。他骄傲的目光投向远山，另外的几位则给他以敬畏和艳羡的眼神。一刹那间，我也被那投向远处的骄傲的目光吸引了。

不久便出现了我的这个梦，我梦见自己在《海鸥》上发表了诗。梦中有同学拿来一本《海鸥》，告诉我说，这上面有你的诗。我大喜过望，夺过杂志开始翻找，但翻遍每一页，却未找到只言片语。当我沮丧至极将那本杂志还给同学的时候，忽然他指着某一页的中缝说，看，在这里！我打眼看去，确确实实有一首诗，下面写着我的名字，非常羞涩地挤在杂志的中缝里。可是我接过来再仔细看时，又不见了。等他再拿过去，似乎又出现了。这时另一个行色匆匆的人说，这是我的杂志，干吗在你们手里。他一下夺走了那本《海鸥》。最后，我在悲伤中醒来。

这种梦一直到大约 10 年前还曾做过，算是一个写作者年少时落下的病，一种可称之为"发表焦虑症"的病。

不久前到青岛，与诗人欧阳江河一起造访了青岛文联办公地，刚好也参观了《青岛文学》的编辑部，而此杂志的前身即是《海鸥》。忽然想起年轻时代的这个梦，不禁感慨一番，回来后写下了此诗。

肖　像

你憔悴的秋风正从一侧刮过
头发自然弯曲，如此刻疯长的野草
皱纹的山川，从高原犁向深沟
太阳的光，斜刺着插向你土灰的面庞
瞧，你右眼袋对应着虚高的时事
左眼袋，悬挂着熬夜的失眠
加在一块儿，是三千年来的落魄
再夸张一点，也可以叫作万古愁
这版本老旧，这副版画体的尊容
有细节也有统筹，迎着风就是一尊雕塑
背着风是一棵病树。在强光中
是一把乱草，黑夜降下
就会化作一柄熊熊的火炬
"我会在荒岛上迎接黎明"

富春山居图

这庞大的山水如何住进一幅画里
住进一个人的笔端。黄公,望着山间的云影
茂林修竹像野火一样蔓延
飞瀑流泉前来修筑防火墙,整个秋天
都在围观。哦,这不是一张酥黄的纸
而是一纸符咒,一场照亮中古之夜的大火
从黑暗中的一端,烧向黎明的另一端
这是万山的觉醒,从睡梦中站起
忽然发现自己,如满身环佩的仙子
身上流着乳汁,蜂蜜,甘泉,身下长满
柔软的蔓草,采诗官正于山中徜徉
他有点骚动的心思到底在哪一面斜坡

山下是清秋,山上是群雁,山坡
是一只正如龙游动的笔——皴,披,勾,泼
闪转腾挪的人将自己囚身其间,在醉与梦
梦与死之间,来回观望,踟蹰两难
最终他走出书斋,走出了那幅史诗的卷轴
消失于地平线的尽头,只给后来者留下.
一个问题:是成为山民,还是做一个过客
现在由你来选……

| 叁 |

新　春

"新春好……"我问候天空
天空明净如洗。我问候世界
世界一片寂静。我问候人间
往日黑压压的人群，而今都不见了踪影

我隔着玻璃看去，世界空无一人
人都去了哪里，似乎已让坏消息的棉被裹紧
恐惧，随着救护车的笛声在黑暗中散布
只有一个老者颤颤巍巍
在空旷中倒背着手，悠闲地遛着弯儿

我忽然看出，这须发皆白的老人
正是我二十年前死去的祖父
他从土地和夜的背面走来，从关禁着
词语的篱笆，还有背后那浩大的星空中
牵来了这打着寒颤的春天

歌　哭

梦中他唱出了 High C 音，地道的男高音
起初像卡雷拉斯，细腻而富有神韵
后来慢慢接近了多明戈，多了些明亮
与强韧，最后他感到渐入佳境
和那位全世界的歌王已无限接近
他的声音响彻云霄，仿佛唤醒了天地
惊动了奥林匹斯山上，正岁末欢宴的众神

后来歌声忽地带上了哭腔，他并不知道是
什么原因。起初是抽噎，后来更多了委屈
再后来是哭成一团，泪水沾满了衣襟
再后来，他发现有人加入了哭声
最先到来的是那位江州司马，人群中
似乎还有杜甫，衣衫更显破旧不堪
哭的人多起来，还有窦娥等一干女声

这就走了调门，好像春日易复发的陈病
霎时间哭声动地，从古至今响成了一片
但领哭的人始终是他，这让他觉得
有些不解。他知道，哭本身当然是容易的
发音比歌唱要简单，但哭声里似有隐情
总觉得是一唱三叹。因为他

>>>

想道出那么多人间的不平,还有春日的大难
开始他并不相信,但反复验证,自问
那如歌的哭声真切而又凄然,他就这样哭着
哭湿了枕头,醒来时发现大雨滂沱
他居然哭湿了天地,哭湿了早春的黑夜
哭湿了那些生死时速的疫病消息
哭湿了活人的表情,还有那冤死者的照片
直到哭湿了词语,还有今夜的倒春寒

涉 江

涉江采芙蓉,梦中谁与我耳语
"船容与而不进兮,淹回水而疑滞"
黑暗中有苍老的声音回应

来,让我也做一个逆行者
梦中今夜我涉江而过,路遇漂浮的魂魄
二月之水兮如许清澈,谁在江上巡游?

他散播的落英,正混着哭泣和流言
呼救者和垃圾,沿这亘古的血脉
顺流而下到谁的梦境

"接舆髡首兮,桑扈臝行。
伍子逢殃兮,比干菹醢。①
与前世而皆然兮,吾又何怨乎今之人!"
今夜我遇见了一切,但一切言辞皆废
若是灾难的洪流定要泻下,我们只能面对

---

① 此四句中:接舆为楚国狂士,《论语》中曾提及"楚狂接舆歌而过孔子",髡(音kūn)首即剃发;桑扈为先秦时隐士,《论语》中称子桑伯子,《庄子》中称子桑户,臝字同"裸",桑扈以裸奔来表示愤世之意;伍子即伍子胥,春秋时吴臣,功成而被吴王夫差以谗言之由杀害;比干为商时贤臣,曾犯颜谏纣王而遭极刑,菹醢(音zū hǎi)即古时碎尸酷刑。

楚

今夜谁的梦境中
有这样凛冽的凄楚,是的,楚
楚楚,这是楚辞中的芙蓉。你可曾听清
可曾感同身受,体味这凄楚的楚
苦楚的楚,酸楚的楚,痛楚的楚

世间的苦难为何总青睐于美丽,青睐于
骄傲,那高贵而明白的清楚
听好了,这是翘楚的楚
惟楚有才的楚,也是
楚狂的楚,鄙视圣人之接舆的楚

惊　蛰

目力所及我看见了这世界最小的虫子
来得如此准确,恰逢其时。如同
飘在空气中的颗颗草籽,报春的消息
即便是讨嫌的虫蜢,它们飞来飞去
也带了几许暖意,人间的气息。还有什么
能如此使人赏心悦目,叫人松一口气?
春,终于还是来了,在寒冷的焦灼中
好像她一百年也不会再来,可现在
它们的出现让这春来得如此突然
这样漫不经意,即使它们飞到你的脸上
你也不想驱赶。只消春风来将它们吹拂
让它们更远,或更近,没有谁能够说了算
除了它们情愿。仿佛万物皆出于偶然
它们只用存在,来证明存在的理由
且并不在乎,任何如我一样的他者
即使我伸手拍死一个,一个两个三个
也全无意义。生命的奥秘即在于此
它小到不能再小,也多到不能再多
且不会屈服于,任何比我更大的庞然之物

渐冻症

最先感到凉意的不是来自脸部
而是脚底。有冰冻的气息从脚趾处
渐渐向上传递。冷风在神经上急驰
满天寒星从井底的水波向上摇曳
如此,他的腿部首先在冰冻中开始变硬
接着是膝盖,使整个身体愈加滞重
失去了支撑。这还只是开始,皮肤
已开始爆竹般绽裂,肉身勉强存续
但崩塌的血管和肌肉正如泥石流
裹挟了地心深处的战栗。就这样,他的脚步
一下下趋于飘忽,终止于生疼的脚趾
他一路歪扭着,拐出了那朝向正午的道路
沿着寒气渐凝的冬日慢慢滑行。瞧
他滑着,在一片舒服的斜坡上一路向下
这原本患肥胖症的身躯,渐渐趋于僵硬

夜游症

幽灵多了一副身形。如同一团烟雾
它于黎明时分潜至友人的身体
令他产生了飞的欲望,但他仍有着
浊重的肉身,提示他起飞的难度

幽灵来到窗前,像一个准备飞行的
义士,然而他并未打算做英雄
我们所想象的那种悲情
或只是俗世间的冤仇,在他仅仅是
出于对肉身的一种嫌恶

他甚至不能,或来不及做
任何关于意义的思索,更不会有
振聋发聩的宣布,将那死的价值变得
不朽,演绎成一个刚烈年代的传奇

这纵身的一跃,只是被幽灵劫持
这可耻的谋杀者,它潜入无辜的肉身
只为一时的快活,为了制造
一番死寂中的热闹,让夜色有一番动荡
如冲井底,扔下了一块恶作剧的砖头

雪　夜

仿佛一千年过去,不知几千里外
一场久违的大雪遮覆了一切
国度,江山,广袤无垠的原野
需要多少白才能妆扮,需要多少黑
才能销洗。这黑暗中的白,因为潜入了黑
而显得愈加成为白雪!呵,别说什么
铺天盖地,别说什么无尚的言辞
看这无止无尽的纷纷扬扬,看这
湮灭一切污淖的洁如处子的白
还有什么比它更新,更旧
有史书的封面一样的古老
这亿万年时断时续未尝完结的卷轴
今夜又有了续篇,序幕,这突如其来的创世
或是末日之夜。来吧,盖上吧
这仙界的魔法,死神的素衣,上帝的幔帐
就要再现,那荒古的真容,梦中的火焰
黑暗里的夜盲,以及那摄人魂魄的——冰冷

吃瓜记忆 *

六十岁的外公蹲在瓜园里，他黧黑
的脸上绽开着土坷垃的笑容。他
把半只卖剩的甜瓜一直啃到了瓜蒂
然后站起，把弯成了新月的腰
使劲儿抻了抻直。他从土井里撩起
一捧凉水，开始洗濯那满是泥土的脖颈
水一直洒到了他的裸露的胸膛
他打了个嗝，一伸手掮起了四岁半的我
还有田埂间顺手抓来的一把狗尾巴草
他单手再加嘴巴，将它挽成了一只小鸟
他嘴里叽喳地叫着，太阳落了下来
那时甜瓜的另一块，已被我啃成了口水
我看着那草编的鸟儿，咯咯地笑了起来
那时我们路过一面山墙，刚好有人在那
蜕了一半的墙皮上，新刷了红色的
大字标语。这情景让五十年后的我
忽地在一个早上的梦中醒来，唏嘘良久
并一下明白了一个新词儿，知道了
"吃瓜者"一词的原始含义……

*　**谨**以此诗纪念我的外祖父。外祖父生于1909年，卒于1983年冬。年少时家道殷实，曾读过私塾，家有不少线装藏书，但在20世纪70年代前尽遭毁弃。

在我记忆中，外祖父曾有过很短时间的园丁经历，善种瓜。但后来不知为何，再没有种过。他极勤俭，善持家，一年四季皆黎明即起，拾柴捡粪，将贫瘠的日子打理得井井有条。他还喜欢积德行善，常把过路叫花子领回家，茶饭相待。此皆我童年亲眼所见。

记忆中外祖父还喜欢读书，祖传古书尽毁之后，偶尔他会有些新文化以来的读物。我小时记得他也在读《迎春花》《烈火金钢》一类小说，偶也有鲁迅的单行本。他读书时可能因为眼花，总将书放得离眼睛很远，皱着眉头，很费力的样子，嘴里还常咕哝着，喜欢念出声来。

有一年夏，外祖父给我从瓜园里摘了一个"勺瓜"，此乃土名儿，学名不清楚，是一种白色的类似甜瓜的品种，但没有甜瓜那么甜。我啃着瓜，看到他那高大的身躯和驼了的腰背，忽然觉得他很亲切。

他一般很少带小孩子玩，这是不多的记忆中的一次，所以印象很深。

我记得外祖父带我回到家时，不远处的山墙上，正有人用排笔刷大字标语。我年幼不解，便一个劲儿问外祖父，这写的是什么。他被问笑了，摇摇头，大概说了一句，我也不明白是什么意思哦。我嘴里啃着那半块瓜，望着他，觉得很好笑。

多年后我听到一个"热词"——"吃瓜群众"，第一反应就是想起了这个50年前的情景。

我不知道这应该叫"历史的会心"还是什么，它与我个人的无意识记忆有关，想必如今的年轻人已很难理解这种经历和反应。

1983年冬，作为很少吃瓜的"吃瓜群众"，外祖父死于肺心病，俗称"痨病"，享年只有74岁。此病由支气管炎症发展至肺衰竭所致。据外祖母和舅舅说，这是外祖父年轻时被日本人抓去，严刑拷打落下的病根。那时外祖父给县城北关的一大户人家扛活，日本人一来，户主紧急逃亡，而诚实的外祖父便替人看守家院。日本人来搜寻粮食,外祖父自然不知下落,便被抓去关了三天三夜,一口水也不曾喝,还遭鞭笞棍棒等刑,后来便得了痨病。随着年龄增加,病愈来愈重,在连续卧床一年多之后,终于辞世。

飞

不久前,他还在梦中轻松地起飞
如有无边法力,或是有上帝之手的托扶
他从平地飞起,穿越大片的留白
河流和沼泽,以及指抓下细长的影子
惊悸和惶恐中,他穿越着属于自己
梦中的稻田,以及水面上
难以保留的反影,与狐疑。以及
在地球引力下,那点可怜的想象力
飞得那么高,跳得那么远,以致无人能及
无人能将之网罗,像一只鸟一样拴住
这最后的妄想症,你也可以认为
是梦想家最后的作死。当他
把一架攻城的云梯误投给敌阵,他的演出
宣告结束,由叱咤云梦的公输班
变成了一个跛行的乡村木工

风

一阵风扑来,让空气有了身孕
这就像灵感,来无影去无踪
却让一首诗在空旷的屏幕里无中生有。
此刻,谁,从什么地方刮来的这阵风
让落叶旋起,飞升到头顶的高度
然后打着旋儿慢慢下落,变成了一座存在的
小小坟墓,然后又沿着身下的沟壑
一点点流失,仿佛一条小溪,沙漏
在石缝中,悄悄隐匿了
它那原本虚罔的踪迹……

秧歌队

队伍中最年轻的一位已把锣鼓敲到了极致
所有人都以目光向她致意。之后
是次一位的年轻者,她有着旁人未有的
骄傲的眉宇。只可惜,她槽牙已坏了三颗
去夏时因癌症切除了三分之一个胃
再有一位头发已花白,但身材姣好
核桃般满是皱纹的脸下,有白皙的脖颈
她弱柳扶风的腰,正扭得人见人爱。
有人指指点点,说这就叫老来俏
观众里发出了啧啧的赞叹声。哦
再看她的后面,是左腿稍瘸的一位
她为参加队伍已花了血本
十万元换了膝盖,二十万元换了假牙
还准备三十万元换一颗肾。她年轻时太闹腾
下乡前逼死老师,打了她当县长的父亲
那一记响亮的耳光穿透了时空,此刻已
融进了她这铿锵的鼓点……啊,她后面的
我已完全看不清。如今这群人中的大部分
都是出色的网民,被圈定的各种痴粉

她们每日的功课,除了健康的吃法
就是扯开嗓门,赞美她们曾经的青春
并刷屏这时代的一切奇闻,剩下的
就是扭在鼓点上,展示活一百年的快乐
以及叫人艳羡,且惊掉下巴的傲人自信……

数字游戏

很显然,那时间说话人早就不在了
假使他活不到 120 岁——这是肯定的
当然,那时奥威尔也早不在了,他死于
尚显萧条的 1950。只有预言活了下来
而预言家的死,整整提早了 34 年。奥威尔
只活到 47 岁。假使他有幸活到 81
就会见证到他的 1984,他所预言的一切
是否变成盛大的真实。可惜他
是个短命鬼,死于痛苦的肺癌
而且最悲催的是,当东面的阵营查封
他并不多产的小说时,西面的派系
正怀疑他是对方派来的奸细。这样的生涯
算不算戏剧?而且让人狐疑的是
即便他健在,他是否就能够帮我们描述出
那已发生的历史,一个真实的 1984?

背 影

哪一个儿子的记忆中没有一个
背影中的父亲。他们有着天底下一切父亲
都有的沧桑,与寡言的爱
不便表达的温暖,以及令人怜悯的
衰老,那岌岌可危的威严

只是,与他的父亲相比
我的父亲不算是一个胖子
他的脊背有点微驼,且梳着属于
八十年代的那种奇怪发型,白发只像初雪
他的和风细雨里有不能放下的阴云

他也是送行他的儿子,一个刚刚
不满十七岁的候补青年
一个未来的父亲,他冰凉的心灵中
正散发着对世界的一切好奇
以及第一次,对父亲的怜悯

当他招手离去,转向一条人群
熙攘的大街,就要消失在人流之中时
他看见了他那微驼的脊背
正在秋风中弯下去,似乎在检查他自己
那双简易且开裂了一角的塑料凉鞋

腐　肉

我把一块腐肉埋入树下，新土
平复如初。新土上，我仿佛看到多年后
我把自己与仇人一起
埋入了土中。我们在地下完成了和解
并悄悄腐烂，最终化为了一颗
生气勃勃的参天大树
最后开出了一树
让人瞠目不已的绿玉兰

| 肆 |

暴风雨

旷野上的宙斯。提着
他孤独的剑

直插长空的闪电,创世的利器
化作这场风
以及洗刷黑暗的雨

游园记

公园中高音喇叭里断续
响着施特劳斯的河流
循环播放的是重复的游园须知
喇叭声山响,把游客变成了沉默的大多数

所有能跑的人都跑在了前面
所有走得快的人都在低头前行
最后寂静的林间小道上,只剩了黄昏时的
几片叶子,还有那个不知所终的自己

海滨棕榈

经由风的撕扯,岁月最终变成了
碎片般零乱而分叉的布条

它不同于海,那大海的创口
总在下一刻愈合。然后涌起,再裂开

此刻窗外的天空下,正升起这奇迹
它们如少女的散发,婆娑错落

那些高低不一的身躯上下翻转
她们的衣襟,头发,起伏的裙裾

以及插入沙滩中,那光滑的脚踝
呵,薄雾退去时有如最后一件纱衣

太阳重新升出海面,晨光熹微中
她们又变回了一片摇曳的棕榈树

在惠安崇武古镇

大风吹拂着古旧的石头之城
海浪兀自拍打石头,那些早已光滑的龟背图

大海坚持了古老的游戏精神
它气势恢弘地扑来,但总适可而止

风不遗余力,鼓荡着比它更抽象的空气
虚构出无中生有,那些愈加进逼的现实

云层之上是天空,海面之下是幽冥
你所看见的是多么有限!甚至于

六百年来,这海之崖岸并未贸然进退
那形形色色的海盗亦未曾搬走一颗石子

此刻,只有一个穿碎花衣服的惠安女
腰身苗条,步履款款地走了过去

噩 梦

梦中他们手执利器
撬开了你和邻居的家门

他们的身后烟尘滚滚
挟着海啸般愤怒的吼声

"人群中这些面孔幽灵般显现"①
仿佛地狱中跑出了一群魔鬼

"恶毒的儿子走出农舍"②
那唾沫的味道里布满着血腥

呃,你奔跑的双腿已不听使唤
你失散的亲人已渐行渐远

后来你死于那震天的怒吼声中
头颅在空中爆成了气球

你身体的一半留在了现场
变成了被饥民分食的肉饼

---

① 埃兹拉·庞德《在一个地铁车站》中的诗句。
② 多多《当人民从干酪上站起》中的诗句。

另一半穿越一个世纪的噩梦
来到了时间未来的博物馆中

最终你和你残缺的影子合二为一
变成了本雅明意义上的一个捡垃圾者

化　蝶

它肉身的疼痛已经无可承受，这世界中
可怜的软骨头。思想正经历羽化，但肉身
还属幼虫，丑陋而娇柔，比蜗牛更长的路途
脆弱而易受伤害的身躯，但恰好适合
再历一生的形塑，因为它有着不可思议的
天然的缩身术。唉，它声称有一种
伟大的爱可以奉献一生，这人类想象中
最感人的变形记。看，它慢慢伸出了
一只色彩斑斓的翅翼……另一只
也在颤抖中缓缓变出，最初像折叠的小伞
稍后即慢慢熨平——被晚霞，或一缕清风
现在，一只丑陋的虫蛹完成了它的使命
牢记着它承袭自先辈的脱身术，美
必属无中生有，且需在空气中诞生，那飘忽
的身姿，以及在黑暗中的等待，以及
等待中必须承受的痛苦，都是不可忽略的叙事
这犹如美神本身，她那性感无比的身姿
不过是来自爱琴海中，一股泛起的泡沫……

蜻　蜓

一只从时空隧道里飞来的蜻蜓
在微风中收拢了它透明的翅翼
让置身岸边的童年，感到四肢无力
如何抵达你？只隔着一米，我沉重的肉身
仿佛伸手可及，又永再难抵。这距离

必须是一只蜻蜓。在夏日尽头的短暂悬停

它孩童般的青葱头颅，正精致地转动
这一刻，也似有略显茫然的迟疑
它警觉的眼睛，以不同角度扫描着
让我感叹这般精微的装置，让我不解于
它对方圆十米，全息影像的收录

哦，瞧那琥珀色的眼睛，薄如蚕丝的翅翼

此刻我想起，它或许只是一个幻影
抑或由灰烬中出土，一颗悲欣交集的
舍利子。它转着，迅速地记下这一刻
而后又即刻删除，仿佛是为了遗忘
那水波之上的记忆。我瞧着这精灵

直到多年后的头顶，擎起一枚黑亮的摄像头

夜　色

很好，你不由分说占据了白天
而她们占领了此刻。这十足暧昧的夜晚
你鞭长莫及，无法驾驭，广场舞
这喧闹中透着俗艳的音乐，这属于
退休大妈们的两小时，小人物的大舞台
投入的舞步旁若无人。呵呵，你
在嫌恶她们的平庸？对不起
这一刻里只有她们的灰色面孔，那
七长八短但全神贯注的投入。投入你懂吗
看这世俗的姿势，无人理会你的崇高
无人。你所有高大上的看法是如此不合时宜
这夜色中广大无边的欢喜和平庸
铺天盖地的舞步，有谁能将她们撼动？
一个心事重重的中年油腻者目睹这一幕
忽地萌生出一丝莫名其妙的感动

对 峙

它自恃狡猾与聪明,站到了
一枚塑料蝇拍上,主人的犹疑
在它的上方停留了一秒,不得不移开
它的双手搓着,似乎要体现着一只苍蝇
是如何的爱洁净和卫生,并不忘保持
机敏的警惕性。当它洗了一把脸
挑衅般迅速地飞起,让我
这专横的猎杀者停歇了片刻。并茫然地
徒劳于——它的不知所踪

旧 作

一束干枯的玫瑰还插在花瓶
让他想起往事中那些渐已消逝的面孔
那些曾经鲜活、充满汁液的往事

窗外鸟声啁啾,提醒他,就是这一刻
曾有一场纸上刮起的龙卷风,但眼下
那些喧闹的词语,都已化为了

落花般的寂静……

春日山西所见

一束蔷薇从煤灰中钻出头来
打量着满身尘土的路人,他的背后
是无边春色围上了薄纱巾。角落里
有机器声断续咳嗽着,提醒
岁月的鼻腔已塞满了污垢和沙尘
哦,这一向耐受的古老山野
这山野中错落有致的果木和树林
身上挂满了四月的杨花和败絮
热风如一件鼓荡的薄裙,上下左右翻飞
如同那些古旧大院的粗陋宣传品
一辆豪车飞驰而过,笛声像一把剪刀
剪开了空气,还有那本就纤细的裙带。
或许也该洗个澡,却不见河谷里
一滴该死的水。哦,那歌谣中的好风光
看来只能在旋律里面静心养息
一如垂暮的老妇,用那哀戚的眼神
延续着两千年流传不绝的一瞥惊鸿

鸟　巢

旷野里孤树上有一个鸟巢
站在冬日的郊野,像一个流浪者那样
一无所依。它的枝干在北风中摇晃着
有空气在摩擦作响,如同单薄的身体

在挨着岁月的羞辱与鞭笞

从高速行进的车窗内看去,它
像犯错之人被北风揪住,且剥光了衣服
那悬空的鸟巢是如此孤单,仿佛
长腿之上,黑魆魆的一块耻骨

在苏黎世遥望阿尔卑斯雪山

在晴空的底部出现了这样的
深渊。黄昏的缆车中
有人上升,世界下降至雪线
雪线下,有大团的云朵蜂拥
诸神在奥林匹斯的白色屋顶下依次汇聚

宝蓝的,玫瑰的,大理石的天光
镶嵌着希腊神话的山峰,黄昏的晚宴
就要开席,一个局外的观众
正登上半圆剧场的台阶
那孤独而有寒意的观赏席

哦,黄昏的戏剧!狄俄尼索斯的时间
就在这一刻。他听见了那低沉
而庄严的领诵——宙斯的声音重
阿芙洛狄忒的嗓门轻,随后是管风琴
伴奏的歌队,那令人晕眩的和声

歌声里，有潮水的黑暗徐徐降下
黄昏的大幕朝落日的方向缓缓关闭
接下来将是诸神欢宴的夜会
那一刻，他感到众神之山在下降
脚下的不明飞行物，在飘忽中悄然上升

2006年6月20日，苏黎世

鸡　鸣

暴风雨就要来了
为什么是一只鸡,站上它一生中的
最高处。它昂首向天,其实
只是对着它上方的另一根树枝
发出不安的叫声

暴风雨由远及近,这只鸡
低了低头,又一次扯起了嗓子
它的同类仰头看看
一脸懵懂和茫然,之后又自顾自
寻找起地上的虫子

暴风雨来到头顶
雨点密集,如迎头鞭辟
所有鸡都躲入了檐下
盯着这雨中的异类,一直鸣叫着
目击它羽毛尽湿,瞬间变成了

一只难看的落汤鸡

枯叶蝶

把全部蝴蝶的故事藏进一片枯叶
变成一个梦,刹那间消失于白昼
正午的强光下,随秋风飘移
万千落叶中的一枚,比任何一片
都更安静,更枯寂。它死亡的外衣
是如此朴素,绝不比一片落叶更招风
当它合拢那翅膀,飞行即变作飘零
火焰顿时化为灰土,二元重返归一
一本打开的书,忽被看不见的手合拢
醒来的哲人又重回梦里,或者完全
相反。一个梦中的庄周幡然醒来
发现自己已经在梦里复生,又死去。
看,它在一个惊艳的亮相中忽地凋谢
在一个绽放中化为了原乡的乌有
当它再度打开,一场天边的风暴
正由远及近,并忽地定格于一场
最小,最秘,也最高级的魔术

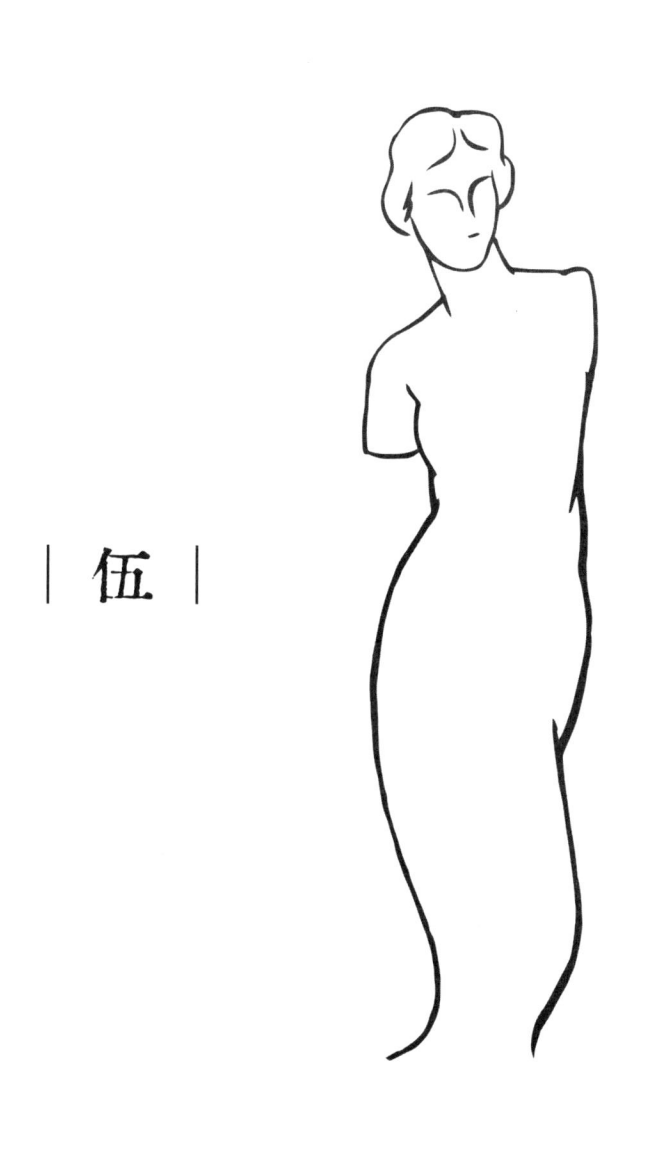

| 伍 |

大　荒

这里有亲爱兄弟的尸骨。在从前
他长着匈奴的须发，而我
流着蒙古的热血
我们都葬在这遥远的边地，寸草不生的大荒
而生前，我们曾来回厮杀，热爱汗血宝马的铁蹄
大部分时间里，我们都是大碗喝酒，称兄道弟
只有片刻，我们会想强娶对方的妹妹
成为彼此相依相亲的仇敌

黑郁金香

在众多的仙子中有一妖物,她的黑
是世界上最正宗的丝绸
比黄昏多一指神秘,比黎明多一抹亮色
比沉默高出一尺,比美德谦逊半厘米
这是恰如其分的黑,但并未完全到位

多一点嫌深,浅一点
则无法描绘。这是全世界的独一份
在正午的阳光中更加迷人和夺目——
比黑蝴蝶略深,比灵魂略浅
比魔鬼的密谋,仅有一点点色差

拥 吻 者

三月盛放的桃树下,两个年轻人
热烈地拥吻着,盛开的桃花
映着他们如花的学生时代。你能设想到
此刻他们青春的嘴唇不再干燥
仿佛春风也多了一份妩媚和轻柔。
他们吻了一会,又彼此对视了一阵
显然并不知道,在遥远的过去
也有一个类似的场景。只不过
在同样遥远的后来,那一对相拥者最终
已分别变成了别人。而此刻
他们再次热烈地拥吻起来
身体也跟着扭动,彼此投入,似乎
完全不在乎身旁,那一位老迈的路人

止 水

有一天大海也会平息如镜,就像没有
一丝丝褶皱的天空。风不来,树木不动
一颗狂野的心被锤成了一块不动声色的玻璃
哦,这一片曾波翻浪涌的止水
如此虚无,仿佛一头暮年的巨兽
铺开了一张宁静的毯子,并将它那属于风暴的躯体
变成了一副自我监守的笼子。一如大海边的观众
陷入了孤单的回忆……

失 明
——致博尔赫斯

在黑暗或至少是灰暗中行走的步履
直到有一天完全看不清道路
眼睛,严格说已不是用来看。而仅仅是
用来听,听可以避免很多误判
避开众生的喧闹,欲望丛中的花花绿绿
至少可以听见那遥不可及的虚空
还有浩渺的人世与书籍,浩瀚的知识与空气
眼睛或许只看到那虚幻的面孔,而听到的
则是那隐于暗处的隐晦扑朔的心胸
上帝,以及他那从不现身的怪脾气
唯有靠悉心的、安静的、侧目的倾听
老博尔赫斯,可能生来就需要这一双
晦暗的眼睛。他在晚年的空茫里凝视什么
仿佛除了那来自天空的暗示
剩下的一切,可以悉数删去

如 果

如果他们不幸换了一个情境——

那么他们的爱情,就变成了苟且
那些惊世骇俗的交往
也成了人所不堪的偷鸡摸狗
兰波和魏尔伦,拜伦和奥古斯塔
普希金和罗谢特,凯恩,以及
与奥西波娃,外加她的两个女儿
汉娜·阿伦特与海德格尔,陈独秀与他的
两个姐妹太太……

想想看,如果他们一旦生错了时代

他们是幸运的,虽然有时也很不幸
毕竟他们的死法各不相同
但不是死于你们的践踏和谩骂
这就是最大的幸运
施蛰存说的是对的:每个时代
都在纪念上个时代的屈原,却又同时在
制造着——属于他们自己时代的冤屈

木 瓜

木瓜的大小,刚好适合一枚传说
它青灯下的光泽如同一团火
如果你此刻拥握,它就会变烫
或以温热的手感令它变软,然后回到
古老的窗台,阳光慢慢伸展的地方
在那里,它会伸出一根绿色的藤蔓
一直朝着远方无声攀爬
最后连接到一片辽阔的莽野
卫风古朴,让一位采诗官的妙手
再塑出一个少女,那胴体的性感路线
呵,两只木瓜中的至少一只正在成熟
让另一只也不由自主,释放出
摄人心魄的美妙香气

沉　船

幸存者隐约记起，沉船的征兆很早
在行驶中的某一刻，它已触到激流中的暗礁
也许是冰山一角。那时危机已四下蛰伏
机芯在震颤中融毁，然后是龙骨的折断
缝隙慢慢裂开，海水狂涛般涌了进来
船缓缓沉了下去。下沉时它自己
发出了嘎嘎的悲鸣，仿佛有
一万枚爆竹在为它送葬，仿佛有
一万只鼠类在窃喜，并趁着黑夜发出了
幸灾乐祸的嘘声……

秋　景

一只蚂蚁在大地的一片草叶上看日出
一颗露水滴下,将他渺小的现实打湿

一只飞蛾停在了一朵枯萎的花苞上
仿佛在感受秋风那渐渐强劲的脚步

一架推土机吼叫着推倒了一座旧宅
几只寄居的家鼠在惊慌中四散逃出

一个尘埃中的男人走入了一篇《黍离》
不知为何,他忽然有热泪夺眶而出

黄 河

作为母亲她爱恨交集,有喜怒无常的脾气
像一位勤劳的搬运工一样昼夜不停
搬运黄土,枯骨,饥饿和粮食
爱与折磨,养育和付出。她卷曲的身体
张成了一副无箭的雕弓,以疼痛射出
且只向内,穿透自己宽广而柔软的腹地
那浑浊的血管里流淌的是谁的痛
这沙做的村庄与城堡,泥塑的皇帝和鞭子
哦,扬起来是沙尘暴,落下去是天下大同
竖起一道是杀戮,横过来便是母亲的泪
黄河,作为你的儿女,我目睹
这滔滔河水,眼看这漫漫长途,此刻我
周围飘满颂歌和金曲,格言和警句
十五国风依次浩荡的行旅,大雅篇中
有黄钟的轰鸣,那从天泻下的遒劲图画
镶嵌在祖居的大地,载着白云与孤舟
兄弟和仇人。史书中的烽火与岁月
携带着清澈的语句与浑浊的河水,承受
一泻千里的疯狂,并看到此刻
那入海分界处,横亘的九曲回肠的旋律

悼故友

那时他的头发是多么茂盛,喜欢谈钱
诗与女人,尤其是酒后。五瓶啤酒下肚
他酡红的脸上就泛起了光彩。那时他
喜欢一饮而尽,干杯的样子潇洒至极
那时他拍着胸脯,将劣质的烟草
也吐成了洒脱不羁的云雾

后来世界变得庸俗,他开始了作注水文字
并喜欢在微博中骂人,凡不顺眼者
统统在被骂之列。理由也很简单,因为你
不适合可以豁免的趣味。渐渐地
他就变成了一只公鸡,好斗,凶狠
头上长出了黑白参半的冠子

再后来他就患了抑郁症,从二层顶楼跳下
结果自然不妙,抢救多日
依旧昏迷不醒,三个月后,医生终于
拔掉了管子。讣告上写着:他一生
热爱生活,热爱本职,善良而正直
且为学术和真理不懈斗争了一生

兔　子

它穴居的本性始终未改，当我将它
从兔笼中取出，让它拥有了全世界
最小的半平方的自由。阳光下
我看见它漂亮的眸子，正如水晶般单纯
宝石般羞涩而明亮，阳光照耀着它
细长的睫毛，如一枚干净的刷子
刷着尘埃，污垢，和属于它自己的
这一小片宇宙。可是当我
完成了一分钟撸兔，转身去续一杯茶水
这享受了短暂光明与爱的家伙
竟然又钻入了沙发座椅下的垫子
在咬烂了一枚遥控器后，又钻入一本
正打开的诗集，试图参与一场
解构主义的小小暴动。那时我的怒气
已彻底压过了撸兔者的和善与仁慈
我的暴政瞬间化作了数枚
气势汹汹的脑瓜崩，而它只是龟缩着
如一个闯祸少年那样打着哆嗦
只露出了一双，无辜且惊慌失措的眼睛

蚊 子

> "在历史的缝隙间,到处是蚊子。"
>
> ——西川《蚊子志》

一只蚊子咬到了一口血。它咬得太急
呛了一口,并吐出了
一枚微型的气泡
它嗡嗡着,飞到路灯下炫耀
看,我咬到了罪证
所有庞然之物本身就是罪。于是
更多的蚊子涌来,将它咬过的伤口
再咬一遍,并做成山包一样红肿的标记
显示着吸血者的胜利与意义——是的
"在历史的缝隙间",我说的
是最细小的夹缝。那里通常的主宰者
不是英雄,甚至人类也不是
胜利属于嗜咬者,这就是
常态下生命世界的历史

悼扎加耶夫斯基①

再次"赞美这遭损毁的世界"
高尚者的逻辑里没有诅咒。这是灾难中
四面楚歌的善与正义,是毁灭中
举步维艰的仁爱与宽恕。看看
如今损毁者中又添了新的一个,它
有着冠状的外形,标准的圆弧
艳丽的色泽,以及毁坏者
固有的漂亮装饰。某一刻它甚至
可能打扮成为天使的外形
"站姿一如修女般的白鹭"
这是最后一次受难的扎加耶夫斯基
通过旧世界中最新的一位魔鬼
完成了他,对于一小片光明的救赎

---

① 北京青年报官网消息:波兰诗人扎加耶夫斯基因感染新冠病毒,在"3·21"世界诗歌日离世,享年75岁。

| 陆 |

自画像

一只羊与一匹狼,穿梭于前世的迷津
它们互为皮革,同船共渡
一百年,羊扮演狼,或者相反的结果
最终都丢失了自己。沿着变幻的丛林小径
它们滑行而下,辙迹如雪泥上的鸿爪
各自走散,扯起了传说的围墙
抑或流言的幔帐。忙着用诚实的窘迫
将自己画成羊,或者狼。
一场暴雨过后,原野上出现了
拱形的霓虹,转眼牙齿满地,秋草枯黄
依照拉康的说法,任何对他人的观照
说到底都是属于他自我的镜像……

送亡友

我手捧这一只花环,白黄相间的花枝
开在冰冷的金属圈上。我手捧着这冰冷
如握着他渐凉的手臂,直到渐渐麻木
这是一年中的第几次?第几次
见证人世的洗礼?第几次生死课上的练习?
他的双手,曾经书写,劳作,争斗
历经人世的爱恨情仇,亦曾经扶老携幼
或者蝇营狗苟,如今都只剩了空空
安卧在同样安静的身体两侧:他那
走过万水千山的双腿,自然地并拢
呈现出最规整的立正姿势。但它的脚
再也不会行走在大地,而是怯怯地悬空着
尽管换了一双新鞋,也无法掩饰它们的
僵硬。他再也不会从睡梦中坐起,关掉
这低徊盘旋的哀乐,再也不会点一支烟
喷出惬意的烟雾。不会双手接过这花
闻一闻新鲜扑鼻的香气,不会一边看座
一边笑着对我说,唉,太客气了
谢谢你,老朋友,我的兄弟……

野有蔓草 *

从卫风穿过王风,来到了略显放荡的
郑风。郑地之野有蔓草,采诗官看到
蔓草疯长,上有青涩的新鲜汁液和味道
他轻触着这片最小的原野,它茂盛的草丛
尚未修剪。风轻轻掠过,小谣曲
在树丛间低声盘旋,湖里的涟漪正在荡开
他的手也变得虚无,无助,像游吟者
那样伤感。"野有蔓草,零露漙兮",语言
永远比事实来得贫乏,也可能丰富。它们
从来都不会对等的碎屑,此刻挂住了漫游者
让他不得不抽离于凌乱的现实,驻足于
那些暧昧的文字和韵律,并在语句中
搅动了那原本静止的湖面。将小鱼的蹀躞声
悄悄遮覆在温柔之乡的水底

*《诗经》的《郑风》中，有这篇《野有蔓草》。

在毛苌看来，这是"思遇时也"，从男女之情，又升华为"君之泽不下流"所致。所谓君之泽到不了民间，兼有战乱阻隔，男女错失其时。这些解释差不多都属道德家的专断了。在笔者看来，这就是一首调情的诗，很自然地表达男女的本能，对身体的生命渴念。倒是夫子看得清楚，他之认为"郑声淫"，倒也是合乎实情的。但同时，他又有一个"总体性的判断"，对其局部的看法做了矫正，说："诗三百，一言以蔽之，曰：思无邪。"

这个说法很重要，这才是属于诗歌的判断。所谓"思无邪"，除了说诗本身之情感的自然与天真，同时也含有对阅读的一种提醒，是要让读者心存质朴，不要"往歪了想"。

关于"质朴"，近代的学人辜鸿铭在讨论各国之"民族精神"的时候，曾做过有意思的讨论，我以为他所说的，是一个完全超乎于道德的概念。

由此看，这倒是一种与"现代性"相合的观念了。比之其他民族，中国人原本并无更多的压抑，可以在诗歌中很自然地表达其所感所想，包括本能与无意识。

所以，我以为传统文学与古典诗歌对于当代的影响，不仅是可能的，实实在在的，也是完全有必要的和可以有裨益的。

传统精神是一种无处不在的东西，在文学中，不是你愿意与否就能决定的。比如，中国人原是不相信这个世界会"进步"的，在中国原发的世界观和宇宙观中，大概只有永恒的循环，周而复始，"分久必合，合久必分"，"一世一劫，几世几劫"，并无黑格尔所说的必然论，达尔文所阐述的进化论，所以在文学中所描写的，从来都是一种虚惘与感伤的体验，读汉魏六朝乃至唐代以来的诗歌，看看《金瓶梅》的结尾、《红楼梦》的结尾，都会对这一点深信不疑。

启蒙运动终结了这些古典的思想和意趣，开始了进步论的叙事，但是进步论只是现代性的一翼，文学的使命还要对现代性的逻辑进行反思，如此就有了传统的复活,在20世纪80年代,传统叙事观念开始在小说中复活。莫言的《红高粱家族》首先更新了"进化论"的故事谱系,从"爷爷奶奶""父亲母亲"的生活,到当代的"我",呈现了"降幂排列"的逻辑。20世纪90年代的《废都》与《长恨歌》,先后复活了《金瓶梅》和《红楼梦》式的故事逻辑,世纪之交以来,又有了格非的《江南三部曲》,这些作品明确地预示了传统文学的古老原型在当代的再度重现与修复。这无论如何都是新文学以来的大事。

至于诗歌中的传统影响,大约是无处不在的,要想说清楚比较难,因为语言的变化让很多人认为,新诗与旧诗之间出现了彻底断裂,但是稍加回顾就会发现,在20世纪20年代,新诗中立刻就出现了传统意趣的回潮。李金发的作品中大量出现了古典语汇,而戴望舒的诗歌中则出现了更多古典的意境,这种传统到了50年代之后,又在台湾现代诗中大量出现。羊令野、郑愁予、余光中等人的诗歌中,都可以看出传统元素如主题、意境、词语、情趣、技法等的大量出现,这些使得现代汉语的写作再度获得了传统的禀赋,有了更为深远的根基与支持。

有一首耳熟能详的短诗,就是郑愁予的《错误》,它甚至可以看作是温庭筠的《望江南》的互文或者改写。"梳洗罢,独倚望江楼,过尽千帆皆不是,斜晖脉脉水悠悠。肠断白蘋洲。"郑愁予将此诗的意境近乎完全复制下来,构造了一个黄昏时分的江南故事,一串疾驰的马蹄声响起,一位闺中少妇以为他的郎君归来,急忙出迎,结果与陌生人撞个满怀,发生了一个让人感慨万端的美丽错误。

这是教科书意义上的传承,美好,但没有那么复杂。

在当代的诗人那里,古典诗歌元素的化用出现了更加复杂的状况,像欧阳江河、西川、王家新、张枣、柏桦、肖开愚、杨健等,都有以对话、互文、嵌入、衍生等方式与传统诗歌之间所进行的互动式写作。其中固然有他们对于杜甫、李白、韩愈、黄庭坚等的复杂的再诠释,也有无法对证和确认的偷梁换柱与潜行暗藏,无论是哪一种,第三代诗人在20世纪90年代以降,完成了一个将传统以"现代性与复杂化的方式"予以彰显的过程。尽管这一过程并未为更多人所意识,但这是一种对于语言之根、经验与感受之民族性的方式的寻找与发现,是不可忽略的一个过程。

张枣的《镜中》堪称是一个典型。这首诗很难判断它究竟改写了哪一个古人的哪一首诗，但却从中隐约可以看出一些痕迹，比如李商隐，比如李煜，或者还有花间派的某些痕迹，总之它的具体性并不明显，但上述元素又似乎无处不在。诗中那位灵魂出窍的"皇帝"，和他眼前似是而非的红颜，他们之间似乎近在咫尺，又似乎远隔千年，这似乎是现实中的场景，又更像是梦境与无意识。"人似秋鸿来有信，事如春梦了无痕"，这首诗的意境达到了感性中的无限重合与逃逸，所谓似是而非，相似而又不确定。它可谓是当代诗歌对于传统的吸纳关系中，最具丰富性与当代性的范例。

笔者的《野有蔓草》一诗，亦可以是一个直观的例子。这采诗官与现实的相遇，既可以是3000年前的情景，也可以就是现在。诗人的魂魄穿越千年，来到了当代，就在我们身上。

星　空

上界的众神注视着下界,他们的眼睛
有着大小不一的光芒,他们盯着
那些敬畏或者忽略他们的生灵
不知疲累地辨识着:善,恶,盗,匪
人间的孽种,这世界中从不稀缺的
垃圾,渣滓,逢迎的里手,卖主的犹大
而他只想以下地狱的肉身,作无望的
救赎。看着那些死与生,悲与喜的上演
镌刻与速朽,辇舆与华盖的点缀
以及星空下的人间大戏,演示着
百年前的蚁穴,与万年后的粪土……

飞 蛾

黑暗中的一点亮光,构成了死的理由
它冲向它的时候,或许并没有看清楚

其实,它倾心的并非那致盲的光线本身
而是那姿势,气味,以及声响和速度

长夜里间断的噼啪声,昭示着死的频率
仿佛诵经人的瞌睡,长短不一

有间或的哈欠声,和世纪一样的长度……

暴风雪

房间中守着火炉的人渴望一场暴风雪
但那些关于雪的消息,却隔在了阴山以北
或大荒以西。如眼下的霾一样可疑
炉火旁的讲述,使这个冬天充满
遥远的回忆,它与昔日的羊群、草原
以及诗歌中高耸的燕山,一起变成了
天气预报中的传言。那些沉醉其间的人
幻想着雪夜访贤,或是风雪山神庙的意境
流连于燕郊雪花大如席的吉尼斯式修辞
而那场渐渐失血的渴念,与躺在书里的关山
终于在黑夜里覆满了白雪。北风狂暴地吹奏
吹尽了北国那鼓角连天旌旗蔽日的沙土
将故事终结于一场虚构的暴风雪。但作为叙事
它还是让赶路的人……着实惊慌了一番

岁　暮

一叠厚厚的年历只剩下了最后几片，瘦骨
伶仃，如同死于枝头的树叶。在结余的北风
或透支的账单上瑟缩颤抖

赶路人揿着喇叭，喘息中有难耐的焦急
只有小贩衣衫正单，还在路边耐心兜售
他们永远重复的诺言。大黄鱼在路上风干
牲畜们在通向屠宰场的路上紧咬了牙关
白菜土豆，也处在急速流通的串门途中
有人呻吟着赶往医院，有人在火化场排队
新生儿发出了鲜亮的啼声，有贼亮的眼神
正盯着某个倒霉蛋，一年中最后的厄运……

开始的尚未开始，结束的即将结束
岁暮，天下的母亲开始数着日子
地上的父亲，也在丈量米仓和生计的厚薄
而上天，将会一一盘点那人间善恶

野　火

高速路的途中突然起了大火
行人一片惊惧，鸣笛声
和人群的喊喳声让他疑虑：行
还是不行？不行也已没有退路
插翅难飞，他只能硬着头皮过去
大火仿佛越来越烈，烟雾越来越浓
空气中有呛人的气味
车子在颤抖，就像传递着烫伤的恐惧
现场就在前方，车里的人仿佛
在看一场大片，有人伸出了头
有人停下来张望，仿佛在等待一场
末日的灾难，星球之战或者外星人的入侵
或者等待目击那惨烈的现场
但当他最终驶近，才大失所望
知道这浓烈的烟雾，不过是来自一场
冬日路边漫无目的的野火……

猛　虎

正午时，那一抹斑斓的光线忽然走了下来
从老屋的中堂上，越过黑漆漆的八仙桌
像我家的老猫一样跳下来。它靠近我
嗅一嗅我的肩膀，面颊，脚踝，然后又
在祖母的土炕上来回转了两圈
它的目光温和而迷离，不时冲着我
打量一番，当它听见院子里的鸡鸣声
像是停了一下，眼皮眨了眨，便又安静地
坐下来，那时它打了个哈欠，血盆大口中
露出了两排锋利的牙齿。我看见它那目光中
似乎闪出了几分忧郁的狂野，让我不得不
把手里的书卷放了下来，将我年少的胳膊
伸出去，但我的舍身饲虎的冒险
还有想要成为它的冲动，好像并没有
让它产生兴趣。就这样僵着，停了一会
它像一个习惯了待在笼中的猛兽一样
伸了伸懒腰，趁我从一个假寐中醒来
眨眼间又轻巧地跳回到，那古老的卷轴之中

奠

一场大火之后,是鸣叫着的急救车
疾驰而过。仿佛卧于花丛中的
不是一具尸体,而是一个逝去的年代
寿终正寝,正悄然接受祭奠
人们从四处赶来,闻见焦糊的气味
看见他面目衰老,苍白的脸上
被涂了厚厚的脂粉。这场扑朔迷离的
事故中,是迎头相撞,还是雾中追尾
并未有人说得清楚。总之在哀乐中
他已安卧,以死来终结案情,做到了
守口如瓶。作为局外的吃瓜群众,我们
流着廉价和同情的眼泪,很快散去
究竟后事如何,已无人苦等
现场照片旁赫然印着的,是一行
含混的字迹:如果要知道真相——
请等待来自官方发布的权威消息

李 鬼

谎言的效用可以是黑夜惊魂
他因为一个名字而得以轻松剪径
并注定与另一个肉身相遇。真身
与替身怎可同日而语,谎言与真理
也不共戴日。只是真身口啖假货
亦并未让我生出快意,因为
那炙烤的味道飘撒了千年
仍然挟掺着焦煳的腥臊

老 贼
—— 致程维

我知道,当你这样自称时
有不得已的自嘲和反讽。和你一样,我
也是这个世界上众多贼子中的一个,活得太久
看见岁月的烽烟散尽,那么多昔日的青年都已老去
那么多美好的东西都已腐烂、枯萎,而我们
却还在这里窃据生者的份额,尸位素餐,苟活犬儒
看见更强悍的盗贼不敢站出来,看见骗子强人的出没
从不敢吱声,面对不公都装聋作哑
面对说假话者还要假意拥戴、佯作欢呼
撞见赃物要笑嘻嘻去分一杯羹……
这不是老贼是什么?关键是
在奥斯维辛之后,我们还在写诗!不是吗?
你刚刚得了奖,奖金丰厚,我听闻后一直流着哈喇子
盘算着从中抽成,如果经手,我定要克扣
即便我们已经坦承这老贼的身份,也还是心存侥幸
甚至偶尔还在纸上写下些豪言壮语
不自由,毋宁……呸,只有老牌的贼,才会在苟活中
坦然地写下,这样欺世盗名的无耻诗句

智能机器人 *

它有灵巧的身体,金属之内
植入了丰富的包线,神经,它小小的芯片
便可取代愚智不一的人脑,冷硬的
骨骼之外,以硅胶转换肉感
弹性适中,甚至可以给予体温,光滑
而富性感,乳房不会有大小之差
一切都可高度对称,甚至有内置的
阴道,或安装就绪的男权——
一个仿照的菲勒斯
中心主义的物件。这时,一个准夏娃
这时代一件最新的杰作,已用高仿的
美声,预告了后人类时代的到来

※ **关**于智能时代的社会伦理，主体性的改变，已经有很多说法，也有反思。但奇怪的是多数人对此的认知仍然是含混不清的，我同意科技进步会给世界带来更多好处，但人文价值从来都是补正和反思的应有角度。

如果一个社会对此只有乐观和认同，那么科技带来的负面影响就会在被放大的同时也被忽视。就像 TNT 的发明，直接注定了现代战争的形态与杀伤力，如果没有 TNT，就不会有两次世界大战，即使有也不会那样惨烈。居里夫人发现放射性物质的时候，也没有料到会出现致命的核武器。

同样，人工智能的高度发展也会带来一系列社会问题。它作为技术累积到最后，有可能就会变成人类的异己力量，到那时，世界上没有一个个体的智力可以与它匹敌，如何控制它便成了问题。就像上帝创造了万物，却完全无法任意支配一样。

每当有人讨论 AI 写诗的话题，我就感到困惑，这写作可以有，但不过就是游戏，不可能与人类主体的写作相比，因为它不是生命主体的产物，所以不会感动人，也没有说服力。

生命一旦成为虚拟物，其主体性便不复存在，所以人工智能的高度进化，将是一个难以预料的"后人类时代"。到底会发生什么，让我们拭目以待。

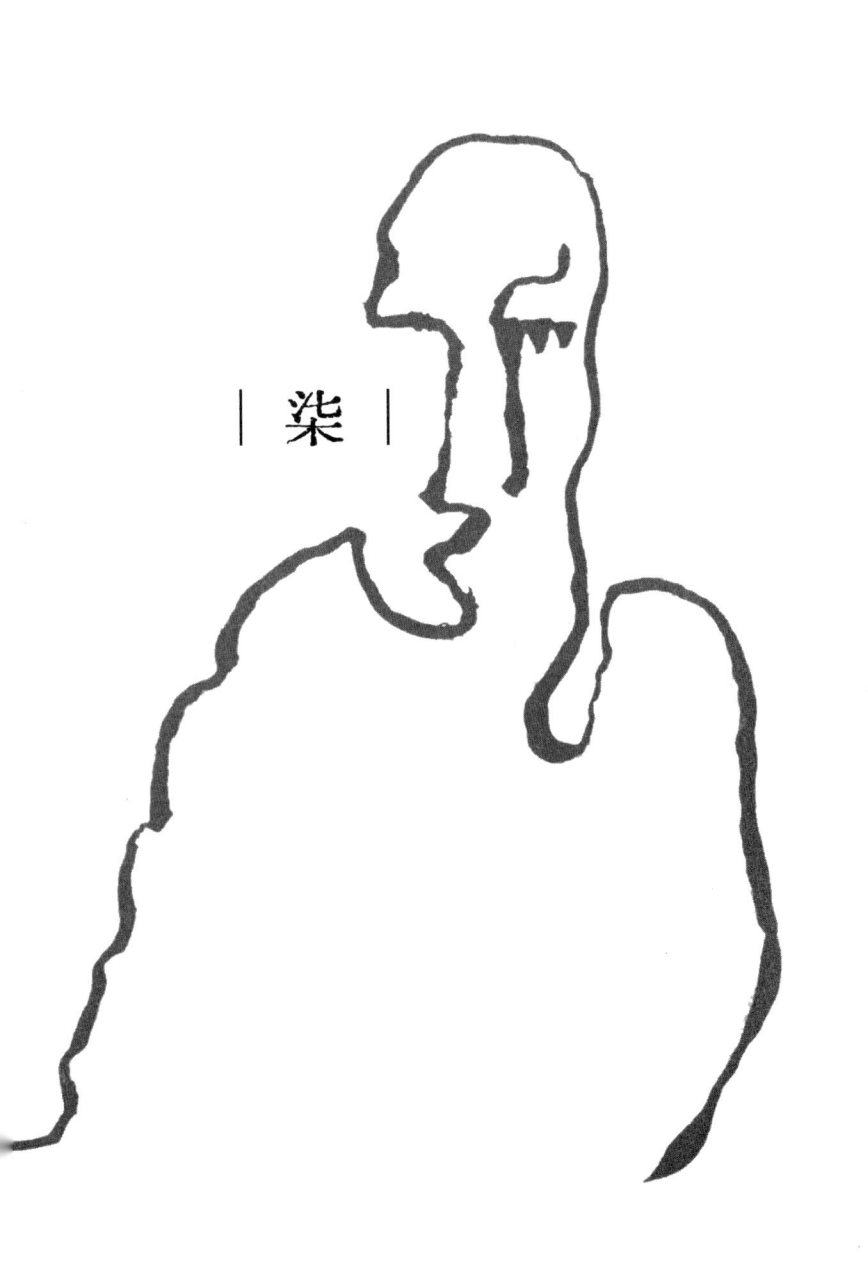

| 柒 |

游 园 记

他知道多年后，他势必会忆起这一天
一切都会变成依稀的旧梦，这园子
如今好看的风景，都会变成一缕烟
记忆的烟雾。此刻，正是初春的黄昏
鸦群于归，冰河正开，你的衣襟也正迎风
飘摆。沉默的园子如同新月，偏居世界的
一隅，淡雅中有些许的羞怯。看
这变绿的柳枝如同你荡开的小手
正变得又细又软，那些花苞和新芽
也都在春风的衣裳下若隐若现
唉，这座园子，这个我如此熟悉
而又那么陌生的身躯，经过了这个冬天
为什么还是那样美丽，当我稍稍靠近
便听到了她不能自已的喘息……

重 庆

她有炼狱的气度,传说中的雾
与炭火的炙烤,最终都与林立的高楼
插接于一起。仿佛但丁笔下,《神曲》中的
一界,石头的炼狱,重庆的森林
构成了叙述中变幻的蒙太奇。几分压抑
但尚不至于窒息,因为那负面的消息
总是赶不及这突如其来的春意,还有
这美女如云的现实——如花开般来得
更为迅疾。瞧,马路上那女孩正轻装款步
穿过新时代的街巷,她轻而薄的裙子
短得就像阳春的一抹酥胸,乍泄着
不可方物的艳丽。那白皙的脖颈
玉一样的美腿,省略了性感丝袜,甚至
减薄了鞋跟,她在水泥森林的春光中走着
将一切都减到了最薄,最少,最低。
少得楚楚动人,可怜兮兮而恰到好处。
这一轻一重,这百密一疏,构成了重庆
一个折中的传说,和现实感更浓的画意……

年　谱

穿过这竹简的年月，那个年轻的人
不再等我，他已经打马而去
渐行渐远，只剩下一堆尘埃，最后无影无踪
逼得我去一面镜子里寻找，看见这个熟悉
而又陌生，一个渐渐可憎的面孔

我对着瞳孔看去，忽地洞穿了一道门
一道先是黑暗然后通透的门扇
看见了那座时间的花园，里面有我的过去
像一只搁浅的船上覆满了青草
一本打开又合上的书，封面盖满了灰土

跛　子

跛行的人行走在黄昏的街道上
脚步细碎,摇来晃去,像只虫子

他肩膀一耸一耸,嘴角抽搐着
神情看上去像个委屈的孩子

他一瘸一拐,在广场边挪动着
焦虑的女人在一旁守护,亦步亦趋

此时我知道旁观有时是多么侥幸
我停下脚步,满怀悲怆地注视这情景

看他,像一只陨落的风筝那样不甘和挣扎
一如冥顽不化——一个命运的碰瓷儿者

看 客

木乃伊是这世界最适宜的看客
无助的人病了,面黄肌瘦,一无所有
他只有坐在路边看世界

他看着,你们华美的车队
你们伸向空中的仪仗
你们凛然的圣像,你们广布四海
无边的威仪,他看着你们哗哗驶过的
碾压一切的马蹄
你们横扫六合,所向披靡
让一切对手发抖的胜利

他眼睛空洞,形容如死神般安静
盯着你们,沉默但不曾
错过一切,看着这马群上飞驰而过的洪流
最终化为一堆冲天蔽日的尘土

是的,尘土。他想起先知的句子——
野马也,尘埃也。他仍旧摇晃着
那一柄破旧的羽扇,静静地坐在驿道上
由木乃伊,最后化为了一块磐石

练习曲

它所有的要素都一应具备
它是美的,美到每寸皮肤都光洁
它以精致的音符搭成这条路
通往风景的目的地。上帝的花园里
风光旖旎,鸟声呢喃,泉水汩汩
霞光在天边招呼,但它却美得仿佛空无一物
没有人影,没有一次性的
生,死,悲,欢,喜,怒,忧,惧
这条完美的小路,纵有千般景致
终究只是一支练习曲

记　忆

在那些斜阳稀疏
和黯淡的秋日，光线洒落在我们的
背上。我们静静卧着，并不说话
窗外是白杨叶子的沙沙声
我在捋着你浓密的头发，或抚着你
温软的乳房，而你，在傻傻地想着什么
褐黄色的眸子里
泛着散淡而兴奋的光
那种熟悉的气息，被一只古老的坛子
封存到了这个春日的
阳光灿烂的早上

狮 子

虽有丛林中无可比拟的勇猛
却无法驱除眼角上那一群渺小的蚊虫

它走着,尾巴一甩一甩,眼神充满怅惘
步履散漫,茫然而并无方向

……目睹这百兽之王,他忽然心生
怜悯,因为这一刻,它竟是这样无助

狒　狒

它无辜的表情堪称人类的范例
忧郁但不造作，这湖水般的目光
澄澈，幽怨，透明，对这世界
发生了什么一无所知，它坐在那里
任一只幼子将它的脊背恣意攀爬
有一刻一只花豹经过，危险的气息
如风刮过丛林，掠过了它尖细
而不免慌乱的神经。但很快
危险被一只羚羊的肉身化解，过了一会
它梳理起伙伴的毛发，嘎嘣嘎嘣地
嚼起了虱子。最后，它放松了一下
裆间便伸出了那暗红色的本能

此刻，它目光迷离，仿佛在享受一瞬的遐思
一任蚊虫在一旁喧闹聚集……

一车旅行的猪 *

在抵近年关的斜阳中
我的车子驶近它们,与它们并肩
行驶了一分钟,我看清了这是一群
几近冻僵的猪,在它们毕生唯一的
旅行中。哦,它们粉白的皮肤
在高速公路的寒风中显得愈发红润
好过我,这穿衣服的近亲
我知道他们这次旅行的意义
但我更想知道的是,它们是否也有预感
它们像沉默的义士,一群奔赴来生
和刑场的英雄。一群猪,哦,我们骂人时
顺便将它们羞辱,无辜的生灵
总是奉献于我们既轻且贱的
嘴,还有无比贪婪的胃。那一刻
我的目光遇见了最年轻的一头,它黑亮的眸子
真的非常之美,年轻,俊俏,充满柔情
还有旅行中新奇的悲伤,侥幸的憧憬
或许它并不愿去想,这场旅行尽头的屠杀

那是它们一生与人类交集的
最后方式，然后以美味摆上餐桌
阐释着奴隶、贡品，暴殄的狂欢，更好听的说法
是叫作牺牲。以宗教或者其他的名义
我加了一脚油门，终于赶在了它们的前面
向后瞭望这近在咫尺的死。用一声叹息
为它们超生

2015 年 1 月 22 日

*　**在**高速公路上驾车行驶，常会看到整车的牲口：牛，马，有时是驴，更多的时候是羊和猪。每次见到心里都有点触动，但不知道从哪儿下笔写这个场景。

我心里当然清楚，它们也是在旅行之中，不同的是，它们陷身囚笼，且是在去往屠宰场的途中。

忽然有一次有了感觉。在这一年年底，我驾车回山东时，视线中出现了至少三次整车的猪。其中的一次，我无意中注视到了其中的一头，从某个角度我甚至发现，它的眼睛长得非常美。

这是过去从未注意到的！是这只眼睛触动了我，让我终于得到了这个必要的角度——了解之同情。我发现这是一只比人类的眼睛更清澈也更温柔的眸子。

"它有着漂亮的双眼皮啊。"在小说家李洱那里，变成了这样一个叙事。我不止一次与他一同在高速公路上见到类似情景，并讨论这个问题。

猪会有一双美丽的眼睛？

显然，人们不愿意承认，不愿承认是因为一种伦理之隔。动物，特别是家畜，在我们看来是低劣之物，是专为我们宰杀和食用的，所以我们会忽视它们的生命属性，更不愿承认它们是与我们一样的生命。比如看杀猪宰羊，童年以来我早已习以为常，觉得理所当然，从未在灵魂里有过震动。但这一次我忽然明白，一旦将他们看作是与我们一样的生灵，感受立刻就会发生变化。

这是一群在去往屠宰场的路上的猪，是人类为它们安排了这生命中唯一的旅行，那尽头不止是屠杀，还有人类的餐桌，以及那无底的胃。

这么想下来，心里便有了负罪感。

当然我也想到了"妇人之仁"，这是可鄙视的，而且我依然吃肉。所以，我知道这样的想法难免有装模作样的嫌疑。但我想，即使我不是一个素食主义者，认识到这一点，有内心的负罪感，总比没有要强那么一点点。我们的族人之所以有许多难以宽恕的毛病，就是因为从来没有负罪感，没有负罪感就没有忏悔，没有忏悔人性便没有升华。

圣奥古斯汀说得好，"若是习惯不加以抑制，不久它就会变成你生活上的必需品了"。这话反过来说就是，正由于我们对肉食的无罪感的喜好，才使屠杀变得习焉不察。

一滩白鹭 *

被惊扰的安详在天涯升起,忽然。
她们优雅地从一个朝代落向
另一个。一片白色的闪电,忽然。
散落的卷册收走往昔的传奇

在南海的红树林,在天涯,忽然——
在江湖的尽头,在草莽英雄的
藏身处,诗歌义士的流放地
我看到它们闪电一样飞跃人世的泥土
和群众粗鲁的掌声,忽然……

一片慵懒而空白的静寂,一片
吹散了又被收走的珍珠
一串水袖与长铗的无声表演,一段渔家
似有若无的谣曲,一地目瞪口呆的碎银
如星群的幻灭,陷在夕光的泥淖中,忽然!

当我失明的天空渐渐清晰
我看见它们凌空跃起
穿越一段默片和后工业时代的玻璃
它们掠过今生如掠过悲凉的秋风

※ 2007年冬日,我第一次到珠海附近的零丁洋,在珠江口的右岸,靠近南海之滨,随一群参加诗会的朋友参观了海滨的红树林。第二次,大约是几年以后,又再次来过,依然是乘船下海一游。彼时看到了大片的白鹭,栖息于红树林中。快艇所到之处,激起波浪喧哗,惊起了白鹭群,甚为壮观。

但那时笔者心目中的重点,并非是眼前这壮观的自然景物,也不是由"绿色生态"所油然生出的愉快心境。我所想的,乃是八百年前零丁洋里的末路英雄,那位敢于说出"人生自古谁无死,留取丹心照汗青"的文天祥。从古至今,在诗歌中说下大话、夸下海口的人,要么是以身实践的英雄,要么是言口不一的骗子。所以,说大话并不容易,诗歌中的大话也是要兑现的,文天祥做到了,他是真英雄,是千古英雄的榜样。

有谁在天涯海角,江湖的尽头,在真正的山穷水尽之地,能够像他一样,坚守并以身家性命去践约自己的信念与节操的吗?

你也可以说,这节操也未必就是必须的,历史车轮滚滚向前,有几个曾将它那碾压一切之力挡住过?为那个没落的政权殉葬,不值得。也许你是对的,是真正的智者,但却不是英雄。英雄不是所谓的"识时务者",而是勇敢的牺牲者。人们敬佩识时务的"俊杰",却会为英雄而落泪。

我自然不是英雄,也没有做英雄的本钱和能力,但是我无法不敬重他们。

还要照录一遍文天祥的《过零丁洋》诗:

辛苦遭逢起一经,干戈寥落四周星。
山河破碎风飘絮,身世浮沉雨打萍。
惶恐滩头说惶恐,零丁洋里叹零丁。
人生自古谁无死?留取丹心照汗青。

那天的天气也有点阴冷,只是没有雨。但即便如此,置身那浩渺的烟波之中,我也大约能够理解他人的零丁和惶恐了。

2021 年春日记

叙　事

故事开始于一条美丽的河流
河岸上，几个邻家的女子在唧唧咕咕
一个少年骑车而来，雪白的芦荻挡住了
他的去路，他听见那女孩嗤嗤的笑语
一阵慌张便连滚带爬地掉下了沟底

这条河流源自博山，流经蒲松龄的故居
最初是一个温泉，水汩汩地从牛山流出
在上游叫柳溪，在中游叫孝妇河
在下游改名叫乌河——愈见水静流深
到下游拐了个弯儿，便没有了名字

那河水冒着热气，河里跑着传说和鲤鱼
男孩十四岁，从南而来，穿越板桥往西
遇见了这尴尬的一幕，女孩伸着手
指指点点，仿佛岸边拂面的杨花和
带着水性的柳絮，一下让他失去了重心

>>>

和记忆。多年后，那小河被埋入了岁月
与污臭的淤泥，那转了把的自行车
还有乌青的额头，胸口怦怦乱跳的兔子
随着那桃花的人面，还有颓圮的院墙一起
沉入了北风的呼啸，变成了乌黑的泡沫

           2009 年 3 月 5 日

纺织姑娘,或虚构的爱情故事

这是过去年代的故事
纺织姑娘
你在一首小资的歌里让我忧郁
在那矮小的屋里
你在幻想什么,纺织姑娘
眼睛像夜色里的灯火那样的美丽

从前,纺织姑娘
我爱上你,因为你在一首歌里沉思
手风琴的旋律遥远又感伤
你就和小城里蔓延的小资情绪
一起挽住了我的手臂

纺织姑娘
那时你年轻又美丽,但涉世已深
涉世已深是因为你错误地
理解了道德和身体
亲爱的,你在和我相爱之前
至少已堕了一次胎,用你的话说
是遇上了女子最大的不幸
说到这里你动人的眼泪就像珍珠落地
亲爱的,我就是这样爱上了你

>>>

就像有人爱上《大桥下面》里的龚雪
有人模仿托尔斯泰的忏悔
读者爱上德伯家的苔丝
这高尚得一塌糊涂的年代，破烂的道德
还要缝补你被撕碎的裙子

后来你就无法不成为我的第一任妻子
因为他一直想
有机会去做一个可怜的涅赫留朵夫
但这也是没办法的事
你用一场槐树林里的暴风雨
带给我初夏的禁果
如梦的恍惚和可疑的爱情

再后来我们就面临着分手
谁想到后面会跟了这样一个可怕的故事
战争，整整持续了半年
我为可耻的虚荣，而你
则把眼泪换成了小市民的威逼，再后来
你的美丽和自尊就被纺进了棉布
你急不可待就又做了别人的妻子
很多年过去

接到你的电话,声音里依然
充满让我自惭又感动的爱意
我对你说,要是没有那首该死的歌
那场电影,一本在这个国家里
根本行不通的小说
我会不会爱上你,自取其辱
然后又比亚雷·德伯和涅赫留朵夫
更深更绝望地伤害你

       2006年5月

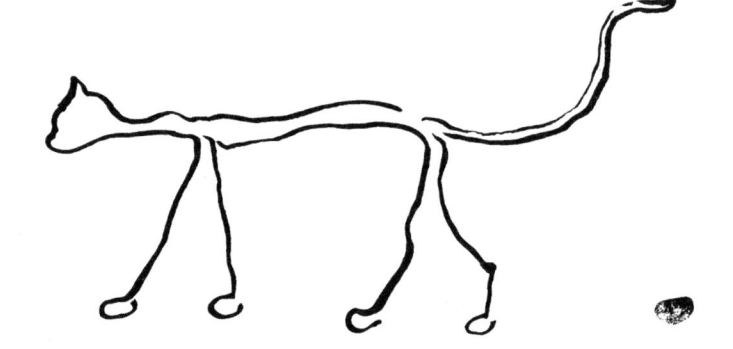

| 捌 |

闪　电

1.

诸神的世界中最阴暗的部分。
沉默的天空寄希望于闪电，而闪电的到来
　　总是不可预期。
并非所有的乌云浓雨都带着闪电，并非压抑
　　都会意味着爆发。
但终于在某一刻，它出现了，诡异的光芒
　　照亮了小半片天空。
那时仿佛大地翻转过来，它被撕开的一角，
标记出诸神本身最阴暗的部分。

2.

闪电撕裂了天宇的同时，也撕开了它自己的狰狞。
它想起史前的自己，如此陌生。
除了有锋利的牙齿，还有通体的颤栗，以及偶然
　　所照出的混乱。
闪电其实并没有完成，在它迅速地消失之前。
它不可能拍下完美的存在，它甚至没有
　　记住自己的样子。
可怕的光芒。潦草的光芒。

3.

"闪电是不可摹仿的。"确实,没有一个人两次
　　看见同一道闪电。
闪电并不能驱除黑暗,它所照亮的,
其实只有黑暗本身。
甚至它还会导致短暂的失明,让黑暗在被照出后,
变得更黑。
闪电的悲剧性在于:它只能在黑暗中孕育,
它与黑暗存在着共生的默契。
故而它们既是敌人,更是可能的同谋。

4.

闪电有没有立场?
当它亮起,有没有什么东西会跟着颤栗?
多少次我们想象,它将惩罚那些有罪的,它将劈开
　　一个澄明的世界。
可是阴云并未遁去,罪孽还在电光火石中横飞,
它们仍居于夏天的尽头,伴着做梦者的绝望。
闪电既不是死寂的尽头,也不是黑暗的终结。
而仅仅是作为光明的一个幻象。

5.

没有什么比头脑中的闪电更狂暴。
关键是，这闪电与黑暗和深渊共生，不管这头脑
　　比天空广大，还是逼仄，
它永远不可能穿透肉身的牢笼。
它同时亮起了那么多的闪电，它们互相激发，彼此消弭；
雷无声地响着，倾泻下转瞬即逝的语言。
并且迅速地归于黑暗。
这就是思想的现实，内里的惊涛拍岸和雷鸣电闪，
最终化为一片空虚与死寂。
一如《红楼梦》中所说，归于一片茫茫的白雪。
那正是前世和史前的荒蛮。

2019 年夏，济南—北京

鬼 魂 诗

1.

这是他死后的一百年。一百年
他的魂魄已经消散,只剩下
微弱的一点气息。一缕气,所谓游魂的
最后一点痕迹。他飞着,轻而且慢
形如一朵隐身的蒲公英。他飞着,路过
百年前的记忆,记忆中外观模糊的旧房子
而今早已易主。新主人正在翻修
电锯正发出刺耳的尖叫声,阳台上
有陌生的小儿牙牙学语,衣着鲜丽的保姆
在扶持着那稚嫩的脚步。仿佛凡·高
笔下的《第一步》。近旁的银行不见了
换成了莫奈的莲池,一只前世的红蜻蜓飞着
它激起的细小水纹一直荡到岸际,确切地说
是触到了他模糊的脚尖,有些头重脚轻的底部

2.

他已不认识这陌生的世界,他在努力搜寻着
前世的依稀景致。新世界博物馆
像一座巨大的怪兽,已吞下当世的一切

挖掘机和推土机，苹果电脑和小米手机
充气娃娃和塑料包装袋，纸版的
旧报纸，还有早期版本的机器人
镀铬的手铐，象征权力的印章，以及
道路和房舍中的监视器。各种成果展
数字电影和人工图像的制作间
大型体操以及人工表演的控制室
这长于制作幻影的时代，连同它
那浩大的布景，那些巨大霓虹灯般的
LED显示器。他像一只飞蛾，或是一只
不受欢迎的流蝇，躲过一枚电子蝇拍时
听见了"啪"的一声。一秒钟后
他抬手试了试，感到有些窃喜，因为那颗
细弱的游魂，仍可以飞行，只是变得
更迷茫也更盲目，如一只衰老的蟑螂——
那样飘忽，仓皇，自卑而无目的

3.

鬼魂来到了百年前的大殿，丹樨之上
已空空荡荡。华丽的台阶有薄薄的
一层灰尘，一只木蠹正缓缓爬行

他曾匍匐的地方,如今已换成展柜,陈列着
百年来的动荡不宁,以及最终的尘埃落定
那些华舆和车辇,此刻被尘埃和铁链封藏
那些经卷的套封,如今像缤纷的落叶
以古旧的酥黄,堆砌在无人问津的角落
他踏上去轻轻试了试,似有风
在碳化的光线下轻轻飞起。他轻舒了一口气
再看那脚底,绣着大牡丹花的名贵地毯
发觉它是那样的肮脏,缝隙里布满了虫卵
那根枯朽了的鞭子,高挂在凋敝的墙顶
画栋间油漆斑驳,如涸辙之鱼的鳞片
呼应着干燥,且泛着霉菌味的空气

4.

鬼魂开始凭吊自己,他飞蝇状的脚趾
抓牢了那棵秋日的蒲公英。借助着
那轻浮之力,他发出了一声
细弱的哭泣。他听见了自己细如蚊虫的嘤嘤声
他在想着,他死去的那个初冬日
光线惨淡如雾,天空飘出了第一片雪花
成为他毕生中的最后一次。那晶莹剔透的六边形

>>>

宛如上帝的礼物,也是他聊以自慰的
灵魂曝光的自白书。他看见了自己的飞起
从那具衰败的肉身,从那件散发着
陈腐味道的旧衣服里。并没有
呼天抢地的哭声,甚至没人流下一颗泪滴
只有呼吸机拔出,和灯光关闭的咔嗒声
以及稍后停尸间冷冻机开启的嗡嗡声
在经过了零下四十和零上一千度的
循环交替后,他终于脱胎换骨
退出污浊的人世,并看见灵魂升起时
那座炼狱般烧融一切的炉膛里
飞出的一粒带着油烟味的火星——
"在那里人类的灵魂洗净了,使他可以
有资格朝着天堂上升"[①]

5.

它并没有远去,他乘着那粒火星
在安魂曲的回旋里,流连着死亡的出发点
和生的终结地——这一生最后的驿站
纯然是出于好奇。其实全无必要

---
① 但丁《神曲·净界》第一篇中的诗句。

佛家所说的苦海，在这里算是终结
经由一次烈火，完成一场壮观的普度
从天空看，一如佛陀或上帝的角度
看渡河者前仆后继，犹如东非草原马拉河上
争渡的角马群落，在演出冥河上的史诗
只是那汹涌的河水，现在由炉膛的烈火扮演
水与火，在这里完成了不可能的交融
炉膛外，鲜花簇拥的告别大厅，正循环播放
人世戏剧的尾声，气氛永远庄严肃穆
人群熙攘，死者为大，悼词无不令人动容
只是这哭泣声，与隔壁医院的产房里
那最初的啼哭声，是如此不同

6.

从虚空中观看人世，脱出了浅薄的悲与喜
看那些沉重的肉身，那些被岁月和俗务
折磨得奄奄一息的孙子（他已有这资格）
从火化场出门，他们在回程中就已开始谋划
下一次明争暗斗的脚本。瞧，那儿的拳击场上
又有了一个退出者，躺在黑漆漆的地板
裁判正在读秒，"五，四，三，二，一"

>>>

倒下的永远倒下了,活着的等待下一次
痛击对手或被对手痛击。欢呼声四起
另一边,一场辩论赛如火如荼。题目是
"真理愈辩愈明",辩论者神情激昂,词语如梭
在惊险的钢丝上来回穿行,软中带硬
或绵中带刺。外加了智慧与幽默的包裹……
还有若干时尚的包袱儿,引得众人前仰后合
不时爆发出哄堂大笑,或是雷鸣般激越的掌声

7.

一阵风将他送至一座荒坟前。他依稀
记得这里是儿子的墓地,在他死后约三十年
他那患病多年的儿子,也在他的坟旁长眠
儿子并无子嗣,所以身后凄凉,不比他
死时的哀荣,有盛大得有些离谱的葬礼
儿子的一生无所作为,只是延续了他
职业的习惯,还有一点,就是将他的遗产
悉数断送。他留下的书籍,一点字画和收藏
都被他变卖散尽,终老时他已家徒四壁
旧屋子空空荡荡。三十年,让他的魂魄
已变得足够虚弱,他甚至不能辨别炉膛前

儿子那苍老的容貌。仿佛一面不实的镜子
折射着他自己曾经的面庞，让他疑惑
那遗传学的说法，宛如一个
由造物主编造的弥天大谎。如今
儿子那低矮的坟丘差不多已湮没于平野
除了一抹荒草，很难再看见任何标记
他只是凭着依稀的回想，悬停于这荒凉之上
想不起他那些儿时的欢乐，那渐渐灰暗的成长
还有那次第消磨净尽的希望，那彻底萎缩的
曾经的雄心与幻想

8.

一阵鸟鸣将他引到仇人的墓旁。那里的荒草
似乎有人修剪，仇人的身后香火正旺
不时有祭拜的蔬果，大束的鲜花摆放
尤其是，那仇人的后代，仿佛有权势者撑腰
在他的故地大兴土木，搭建起祭拜的祠堂
喇叭里正播放动人的事迹，他一生
克己奉公，把毕生精力，献给了正义一方
且要命的是，靠了资财和技术，他比同世代人
整整多活出了七十岁——几乎是他人的两倍

>>>

……喊,他如何将黑暗的一生洗白
把那些累累昭彰,蝇营狗苟的丑行
敷衍成不可一世的荣光。哦,就在那纸扎的幢幡
即将落成的一刻,他忽然发现一切
不过是瞬间的幻象:仇人身后的坟丘
也一样的荒芜,就如秋日午后的一个小憩
安静中透着虚妄,空旷中有些许不祥
哈,大火一下就烧过来了,卷着温柔的火舌
也仿佛一场大雪,以吞噬一切的灰白
埋葬了那些霸道而虚无的化妆,焚烧尽
那些堆满了人间的伪善,难以辨识的造假

9.

鬼魂飞至城市的上空,一场盛大的集会
正在夏日余晖里举行。一台飞在空中的摄像机
与鬼魂一起,获得了接近的角度
他们互为机位,彼此打量,仿佛是
为了近距离地拍下对方。那现实主义的态度
仿佛是为了使彼此更逼真地成为一只鸟

或干脆如上帝，那悬停的角度已接近达利①
接近于三位一体的忠实关系。浮在空中的圣父
抑或是圣灵，看见死于十字架上的耶稣
被哀悼的圣子，在虚无的半空中垂下了头颅
痛苦的头颅。圣父唯独看不清的就是
他自己那哀戚而绝望的表情。这
是至为高明的视角，也是上帝自己的态度
无论对人世的不幸，抑或他自己的悲催
都一样挺身承受，绝无抗拒。此刻
历史又发生重大的变故，有人倒下
有人欢呼，胜利的一方宣布代表了正义
当庆祝的鼓槌落下，鬼魂恰好飞抵，于是它
也变成了历史意志的一部分。仿佛
老莎士比亚剧中的一幕，一只鬼魂在不觉中
参与了正义的复仇，那场已无关他痛痒的
悲惨无比的胜利。

---

① 西班牙画家萨尔瓦多·达利有著名的绘画作品《十字架上的基督》，画出了从空中俯瞰耶稣的画面，画中被钉在十字架上的耶稣悬于空中，而视角犹如飞升于空中的圣灵在观看受难的圣子。

10.

鬼魂回到了幼年时玩耍的草地，紫薇花墙边
是新建的社区幼儿园，白色楼体精巧漂亮
又一茬生命在成长。他们在充气的扶梯上
爬上爬下，玩小猫钓鱼和击鼓传花的游戏
一会儿又在老师的手风琴伴奏中唱起了那些
他熟悉的儿歌。当他想伸手抚摸他们
才忽然想起，自己只是空气中的游魂一个
旧时的皮囊已葬身烈火，那坨
干枯多病的肉身，早已化为乌有
连那些不足为外人道的疾病，也一道灰飞烟灭
他多想，假如有时空隧道，有一台
返回过往的机器将他重生一次，他将洗净肉身
参与那童声合唱，玩那些可爱的游戏。但如今
他只能怯生生地看着，将自己当作一缕风
一阵虚无和单调的蝉鸣声。"我们的祖国是花园
花园的花朵更鲜艳"，这歌声仿佛梦中降临
让他忽然有些伤怀。

11.

鬼魂不觉飞回了忘川。这条河如今
由一条熟悉的大河扮演，桥上的车辆川流不息
往来的是财富、贸易和医用新技术的卡车
死过的人从桥上返回，那些祸害一生的人
还要再祸害一次。云储存中心，据说
已存下了所有生命信息，一俟肉身复制成功
将原有信息载入，嵌合，即可完成再生
多么诱人的重生，尸身的车队依次返回
他们将创造人间奇迹，见证生命车轮的倒转
哦，雷声隆隆，河水退回，时空漂移！可惜
鬼魂的肉身早已消散，而且无后
无人，且无处，支付那天文数字的钱款
自然不存幻念。人生而有命，死后
也一样分等级上下高低贵贱，就像一只蚊蝇
他现在只倒着飞行，越过了名叫"奈何"的名桥
回到他永久的安栖之地。如同一粒微尘
在落定前的一丁点骚动，如同一个有些羞赧的
不堪的梦，在醒来前消逝。

12.

哦，鬼魂依稀听到了那明亮如天空的旋律
恰似一首从天边传来的赞美诗
仿佛死后也有梦，梦的涟漪渐渐扩散
内边的已渐消逝平静，外圈的仍在扩展
直至扩成无边的荒凉，扩写成一部
情节陈旧的春秋诗篇。他知道，现在
连听觉都渐行渐弱，渐行渐远
这些最后的声音，听起来就像弦乐的夜曲
轻柔，缥缈，如传说中的海上仙山
一切都将终了，包括这死后百年的漫长尾声
都将画上淡蓝色的句号。仿佛神
吐出了一个旋转的烟圈，抑或是那夜曲的
最后一个乐句，经过了不断重复和变奏
也像是一阵黄昏的急雨之后，雾散时的幽静
夜空湛蓝，有群星闪耀的空寂与安闲
哦，这就是传说中的湮灭，物质和精神的
最后形态，在宇宙中作为永恒的规则

13.

鬼魂飘至群山之巅，那里有白雪覆漫
有神祇护佑的冷傲与庄严
有众神之子的绝句，镌刻于布满神迹的山岩
山下有人世的麦浪，依旧是人造的田园
依旧是花的轮回凋谢，刚收割过的麦茬一片
依旧有人间的悲欢离合，不时爆发的风雨雷电
依旧有野火春潮一度，晦暝与艳阳的流转轮换
有离离百草的复荣，山野丛林的寥落
有舟子的追问，葬花人的抽噎。
哦，一只蜂鸟看见了那传言中的镜花水月
幻形为暮春的一轮银盘，照彻着大地的虚无
唤醒了那些易生伤怀的词语，易复发的旧病
易于泛滥的抒情，难于控制的表达欲
尤其，是那些曾火焰般燃烧的
古往今来的一切美妙诗句，而今
都已造化成空……那些曾经的如花之辞
如今都只剩下空寂，沉默。如同一面
来自佛经中的镜子，闪耀如鬼魂所见
——人世一片落花！

14.

哦,还有什么不能永远地放下,一百年后
结束的已经结束,开始的又重新开始
循环的已不知循环几遭,该遗弃的早已遗弃
永存的必将永存,腐朽的已永无惦记
连鬼魂也已经疲惫,相去太远,就像宇宙里
浮游的尘埃,驶向外太空的飞行器
大水中昔日的涸辙之鲋,信号越来越弱
传导的信息越来越无有价值
恩怨纠结,爱恨情仇,连同生老病死
也都已毫无意义,你想活在他人心里
可供你寄存的人心也已变为灰土
连那些你亲手写下的文字也已变得陌生
和你的手你的人之间,再没半毛钱关系
鬼魂终于变成了自己的他者——如果他
有幸再做一次选择,他不会选择落地的人生
不会让一粒尘埃变成一颗落地生根的麦种
不会试图成为一个作者,而只消当一个听众
以无关的眼光,观看这些泛黄或暗灰的旧物
那些得意而浅薄的形容词,那些时不时
战战兢兢欲言又止的隐喻,最终变得一文不值

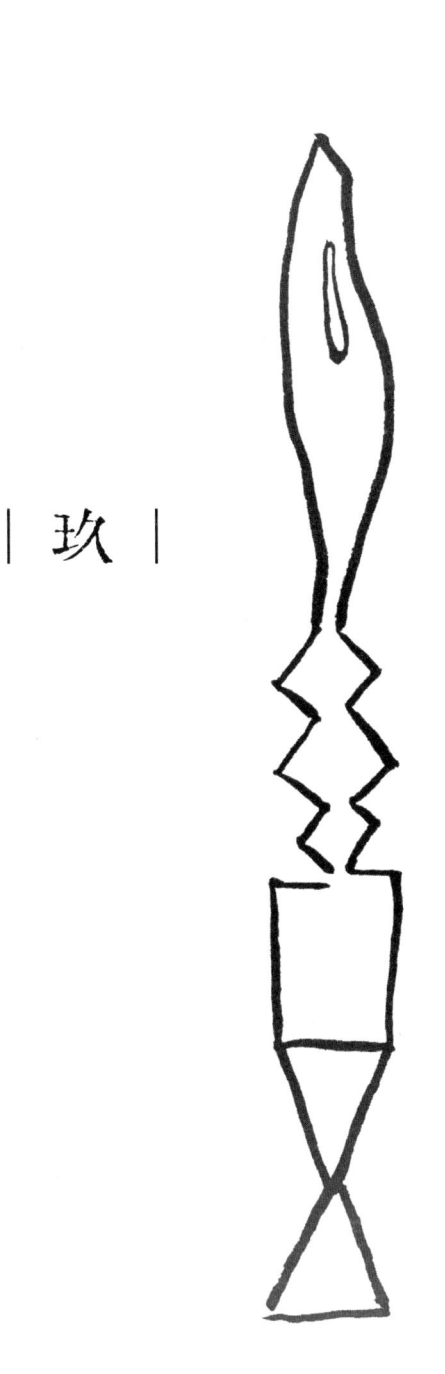

| 玖 |

持续写作的动力 ①

我在中年以后,又突然对诗歌写作产生了兴趣。确切地说,是有了较前更加强烈的写作冲动。当然,这不一定是好事,因为诗歌写作在单位时间中,是一个有排他性的事情,就是说,当你进入一种比较理想的写作状态时,意味着你必须专注此事,那么其他形式的写作就要让路,就要停顿或者被压抑。

中年之后,一般来说诗歌写作并非是非要不可的事情,因为经验世界的日益复杂可以通过别的方式来实现传达。比如,我可以用"春梦六解"那样的方式,来抒放我的一些想法。但为什么还要选择诗歌呢?这是因为,诗可以更具有弹性地表达那些不确定的东西,而且它是直接的表达,是对自己的主体世界的一种直接实现,而不是借酒浇愁,或简单地转化为另外一些不良情绪。它可以实现直接的自我塑造,用"不讲理"的方式。这就是诗歌之于

---

① 本文是参加诗刊社"第十一届'青春回眸'诗会"(2020年7月,承德兴隆)的发言。

我的吸引力。

我越来越感觉到，诗歌是"本我"与"超我"的斗争，而不是"自我"的言说。在诗歌中，自我是比较无趣的，但写作者可以化身为上帝，也可以化身为梅菲斯特，或者同时"分身"为二者，这样就有戏了。上帝和魔鬼不断地变换视角，实现不同位置的观察，不同立场的表达，他们可以对话、互动、对抗或违拗，如此戏剧性和层次感就出来了。过去我读《浮士德》的时候，虽然有一些感受，但从来没有像现在这样，更深切地感受到诗人原动力和元命题的所在。

《浮士德》是迄今为止，人类在揭示主体思想构造方面最伟大的作品，和但丁的《神曲》一样，它是最高级的人类精神世界的象征图景，这当然与其希腊传统、希伯来传统的复杂与丰富有关。但作为个体创造的作品，它的丰富性，源自创造者对于人类精神世界的张开，那么这个张开的动力，一个是源自上帝，一个则是源自魔鬼。或者说，一个是源自根本的善和理性，一个则是源自更加广泛的恶与本能。没有这两者的对话与斗争，还有互容与和解，人性世界的复杂性不可能得到有效的隐喻和解释。这就是歌德写作的秘密，也是一切伟大精神活动的秘密所在。

海子在很年轻的时候，即想清楚了诗歌是"作为人类主体力量突入原始世界的一次性诗歌行动"，这些至今我们还没有想得很清楚。但我总算想清楚了，诗歌是主体世界中的不同角色之间的对话，在这种对话中我们可以持续发现自我的精神构造和秘密，可以对自己的经验进行处理，在完成宣泄、表达的同时，实现自我的反思、慰藉，对生命的悲悯，对自我的救赎。甚至完成自己作为社会角色的一种实现，像海子那样成为文化英雄，像韩波（兰波）那样成为"诗歌烈士"，或是像于坚所说，成为"像上帝一样思考，像市民一样生活"的人（记得他好像说过，这是歌德的一句话，但我始终没有找到出处，就想，这其实可能就是他自己说的）。

我的诗歌写作显然没有那般巨大的志向,但有一点,我坚信我们有权利,也有义务必须在诗歌中表达正义的思想与情绪,表达对于不良现象的讥刺,对于庸俗与恶的讽喻,对于美善和弱者的守护。假定我们要以诗歌参与社会历史的进程,我不相信诗歌只表现个体经验而不传递正义。因为要知道,只要诗还是"诗"(言+寺),那么它在根本意义上,仍然是类似诸神的终极形象,是它们所代表的绝对价值的幻形表现。

但它可以是以极渺小的形式出现:以一只蚂蚁、一只飞蛾、一只萤火虫、一只迷途的羔羊为载体,或者视角。某种意义上,表达弱者的意志,就是正义本身的应有之义。

回到"中年写作"。中年写作不是对中年的自恋、中年的衰退和腐朽的体认与贩卖,而是要抵达的一种生命处境,一种思的能量与深度。它要抵达一种可以辩证和对话的,可以自省和自我批判的,可以实现上帝与梅菲斯特的精彩对话的写作。

当然，中年写作还意味着，诗歌同时也有能力深入历史，以及主体对于历史的参与。这是中年所特有的一种境地和境界。因为一个中年主体所经历的已足够多，他对于世界和历史的看法也足够清晰了，因此就更不会有所懈怠和辜负。

这大约就是本届活动的主题——"时代精神"。当年黑格尔发明这个词语的时候，是从"精神现象学"的角度说的，他认为历史本身有一种活体的、符合理性精神的、有着内在神奇力量的、可以构成对于旧世界的摧枯拉朽态势的意志，他将之叫作时代精神。但他没有想到这样的词语也非常容易被固化，而今我们会经常面临这样一种难解的固化。

但不管怎么说，理想的写作，不管到什么时候，都是能够实现对于公共经验和个体经验双重的认知、命名与分析的写作，是这样的主体力量在诗歌形象中的有效还原。

2020 年 7 月

2000年冬

德国

哥廷根大学的地下餐厅

我想让过去的一切凝固下来[①]
——关于诗歌写作这件事

奥克塔维奥·帕斯的一句名言,大约是说,所谓诗歌,就是让某个流动的瞬间在语言中凝固下来,变成连续的现在。是不是原话,记不太清楚了,大意应该不错。越是到了中年,越是感到这话有道理,越是说出了写作的真谛。

然而要想记下生活中的每一刻,并且使之产生意义,是不容易的。并非每个片段的瞬间都值得记下来,每个瞬间都能够产生出意义。因为人都有弱点,都有过度关注自己而不关注他人的毛病。这个弱点在希腊神话中,化身为了一个名叫那喀索斯的少年。那喀索斯对世界毫无感觉,只关心自己的容貌,他虽然生得俊美,但在自恋中不能自拔,最终变成了一株漂亮而柔弱的水仙。

我很想记下生活中的每一刻,让它们凝固成永

[①] 本文是为2021年的组诗《一阵风让空气有了身孕》所写的创作谈。

存的话语，但对于那喀索斯式的认知，也怀着不得已的警惕。所以，我不断地提醒自己，务必要诉诸转化，不要成为一个语言的专横者，习惯上的自我中心主义者。那样写下的东西不止是没有意义，连趣味也不会有太多。

没别的办法，只有将个人的经验和感受历史化，使其与历史、与前人，与现实、与他人的共同处境建立联系。即使不能成为公共性的经验，也要尽力能够让别人有可以进入的暗门。也就是说，要设法在自己的诗歌里建立一个"隐性的他者"，让自己成为与别人一样的人，而不只是自己。

这句话假如换成更经典的说法，就是希望使自己的诗歌能够成为别人的知音。极端一点说，就像是海子的诗歌理想，"使一切人成为一切人的同代人"。这自然很难，但却应该成为一个写作人的抱负——成不成是能力问题，想不想则是态度问题。

这里就有一个"处理现实"的问题。现实很复杂，也难以把定，需要我们学习尝试将现实的某些场景和感受，予以公共性的赋形。这个过程中，敏感性和洞察力很重要，而人文主义的看法亦非常关键。假如没有一个诗人的独立看法，则某个强行嵌入的概念之物，就会使写作变得面目可憎。所以，坚持个体的立场是非常关键和必要的。

而且，"现实"其实也就是一些能够产生意义的片刻，某些可以让人思考的细节景致，如秧歌队中的某些动作，如公园里跑步的健身者与迷惘的掉队者之间的差别，还有《噩梦》中侵入他人隐私的暴力情绪等，都可能或多或少地触及现实中的某些情境。"现实"在诗中可以是很复杂的，也可以是很单纯的，唯有一点是共同的，就是必须"有效"——可以敏感地指涉某些东西，某些可以唤起读者共同的体验和感受的东西。

正如艾青在诗歌中首次使用"钢铁的城市""手推车"和"北方"这样的词语，海子在诗歌中划亮了"麦地""天鹅""雪山"和"村庄"，欧阳江河在诗中重置了"手枪""玻璃""广场"和"凤凰"，西川在诗中重新处理了"蝙蝠""鹰"和"小老儿"，王家新也曾在诗中嵌入了"木柴""雪"和"俄罗斯",我也希望能够处理一些虽然渺小,却也有潜在价值和可能的当代感的词语、事物和现象。

另一种情况是深入到人的"无意识"。无意识是非常个体性的东西,但也具有公共性的可能。当代性的写作,我以为一个最重要的元素,就是要能够触及读者广泛的无意识经验,唯有如此才能够深入人心。不过,要想使无意识书写产生出更多意义,就要让这些看起来无目的的东西,产生出现实、历史或者人性的向力。笔者的《海鸥》一首,或许是一个例子:一方面,它是我个人的一段刻骨铭心的记忆,一个不无荒诞的梦境;但另一方面,它可能也是历经过20世纪80年代的热爱诗歌写作的人一个共同的梦境,一个代际性的伤疤。

言不及义,想说的似乎还有很多,但想过之后,又感到不如少说。因为对于写作来说,问题通常就是一个辩证法,少就是多。

2021年5月8日深夜,北京清河居

为何要谈论当代诗歌的民间文化地理

——关于《中国当代民间诗歌地理》①所引发的话题

> 这是起始于柏格森还是更早的时候?空间在以往被当作是僵死的、刻板的、非辩证和静止的东西;相反,时间却是丰富的、多产的、有生命的、辩证的……19世纪沉湎于历史。②
>
> ——米歇尔·福柯

大约 2004 年年初,笔者应《上海文学》当时的副主编杨斌华先生的邀请,为其筹划一个诗歌专栏。考虑到那时适逢新世纪之初,民间诗歌运动大有波澜再起之势,各地出现了众多依托网站或民刊的民间性诗歌群体,且在文化与美学上呈现出显著的差异性与丰富性,我以为有必要对这些群体的样貌有一个粗线条的勾勒和初步的反映,遂取题"当代诗

---

① 张清华主编:《中国当代民间诗歌地理》(上、下),北京:东方出版社,2015 年。
② 福柯:《地理学中的问题》,转引自爱德华·W. 苏贾:《后现代地理学——重申批判社会理论中的空间》,王文斌,译,北京:商务印书馆,2004 年,第 15 页。

歌的民间版图",为其选择了二十余家活跃于当时的民间诗歌群体予以介绍,内容包括其活动简史、主要成员的新作,同时每期配发一个随笔式的简评。该栏目持续两年后,因基本达到目的而告终结。

之后在2006年年初,时为春风文艺出版社社长的韩忠良先生当面邀约,要我将该栏目发表的内容结集出版。我考虑到如果要成书,简单化的汇编处理,其文献意义不大,因为一则内容不全,未能详细介绍民刊活动历史、各主要成员的代表作,以及代表性言论与诗歌观念等,二则收入的群体数量也有较大缺漏,所以尚不能反映中国当代民间诗歌群体的全貌,因此我主张重起炉灶,在收集更多材料的基础上,编一个更有代表性、更全面和更有文献价值的书稿。

这无疑是给自己找了一个难题,之后的工作可谓旷日持久,因为涉及大量的人员联络工作,资料的收集与选择整理也至为复沓琐碎,故一直到2008年年底,大约经历近3年时间,期间还蒙张德明博士的协助——彼时他恰好随我做博士后研究,才最终完成了书稿。2009年秋该书基本完成了编校,其临时做好的"样书"甚至已经参加了当年的法兰克福书展,正准备付梓之际,却又因为一个意外而搁浅。之后,出版计划夭折,历经数载辛苦居然功亏一篑所导致的沮丧之情,甚至使我产生了一种"选择性遗忘"的病态心理,将之作为一个"精神创伤"而束之尘封,不愿再提起。拖至2014年,才忽有冲动要重新找一家出版社将之面世,以慰众多与此书有关的诗人和朋友们的关注关爱之意。

以上就是《中国当代民间诗歌地理》一书的诞生小史。之所以要花费笔墨来交代这个历史,是希图说明"中国当代民间诗歌地理"这一学术话题的一个背景简史,因为近年来已逐渐有很多同行和友人在谈论此类话题,或从事相关研究,笔者在此提及此书的前因后果,亦非属临时起意,而是有一个年深日久的来龙去脉。

我们为什么要谈论"当代诗歌的民间文化地理"的问题?这显然还是一个必须要回答的命题。其实,早在 2010 年该书未出版之前，笔者就已将其序言稍加修改发表在《文艺研究》上了，文章取题为《当代诗歌中的地方美学与地域意识形态——从文化地理视角的考察》①，该文就为什么要从文化地理的角度谈论当代诗歌，当代诗歌的地域文化特征的历史流变，当代诗歌中的"地域意识形态"的特质，以及在文化地理属性影响和规定下的地域美学等问题，都做了梳理。如今看来，这些梳理仍然有效，但"为什么要谈论这一话题"，仍是我必须回答的。

正如我在文前所引的福柯的质询与追问，我们谈论该话题的起点，其实针对的是一个时间的"神话"和"政治"②。"沉湎历史"的其实何止 19 世纪？20 世纪才真正堪称是登峰造极。而且关键的是，一切还都遵从了一个"进步论"的价值模具，以此来铸造一切历史的叙述，连文学的历史也不得不与社

---

① 张清华：《当代诗歌中的地方美学与地域意识形态——从文化地理视角的观察》，《文艺研究》，2010 年第 10 期。
② 参阅彼得·奥斯本：《时间的政治——现代性与先锋》，王志宏，译，北京：商务印书馆，2004 年；唐晓渡：《时间神话的终结》，《文艺争鸣》，1995 年第 1 期。

会历史一样,被构造为由资产阶级文学到无产阶级文学的进化。即使不是从政治的角度,按照另一套"先锋派"的话语体系来评估和描述,也仍是一种时间构造的叙事,正如英国人彼得·奥斯本所一针见血地指出的,"'现代性'和'后现代性'、'现代主义'和'后现代主义'以及'先锋'都是历史的范畴,它们是在理解历史整体的水平上建构而成的",或者说,它们是一种"历史总体化"的方式和结果,是一种"与这些时间化相关联的……历史认识论",因而也是一种"特定的时间的政治"。"现代主义和后现代主义——与保守主义、传统主义和反动一样——侵入了时间的政治的领域"[①],奥斯本一针见血地揭示了"现代性"作为一种"价值虚构"所体现的西方社会的文化霸权与统治力量,也指出了这种评判方式对于现代人类的深刻影响,包括对于文学、文学史观、文学创作的不容置疑的价值规定性。

很显然,从空间与地理的角度谈论文学,与从

---

① 彼得·奥斯本:《时间的政治——现代性与先锋》,王志宏,译,北京:商务印书馆,2004年,第3—4页。

时间和历史的角度谈论是不一样的。前者通常并不企图在多个文学现象或文本间建立"历史的"逻辑关系，即甲影响或派生了乙，或者反之乙发展了甲，实现了甲的变革云云，所有文本之间并不具备时间序列上的必然联系。中国古代的"文学总体性"的建立，其最早的模型是孔夫子对《诗经》的删定，其格局显然不曾看重时间因素的重要性，虽然其产生的时间可能横亘数百年的差距；相反是正面展开了其空间的"地理构造"，如"十五国风"的编排，其实就是体现了一种文学分布的"地域意识形态"。很显然，每一国风的内容与风格都是有所侧重和差异的，会体现其风俗与文化的不同，音调与语言的微妙差别。所谓"恶郑声，郑声淫"之类，自然也是对地域性的强调和凸显方式。其"修辞的总体性"当然是十分广阔而浩大的，是一个几近无限丰富的效果，但却未曾有一个"文学史"的想象在其中，与某种格局的时间模型几无干系。

其后历代的文学经典或诗歌总集，多是以夫子为范例的。南朝梁太子萧统所编的《昭明文选》，其同代徐陵所编的《玉台新咏》，南齐钟嵘所编的《诗品》，宋人郭茂倩的《乐府诗集》，直至清人沈德潜编纂的《唐诗别裁集》，以及吴楚材、吴调侯所编的《古文观止》等，都是"以人为本"或以风格品级为界的选择，即便以文出的朝代为序，也不曾在时间链条上建立太多联系性；即便有，也是强调了"复古"的合法性，而从不以"进步论"来观之，更不会以某种固化的历史逻辑来予以阐释。这是我们必须要意识到的。

进步论起自何时？当然是起自近代中国人"睁了眼睛看世界"之时，是托西方人近代以来的时间观与历史观所赐。这当然没有错，进步论赋予了中国人基本的现代观念，开启了近代中国启蒙主义的历史进程，但也给中国人的思维种下了根深蒂固的观念，就是用"时间价值"的眼光看待衡量一切，包括文学和诗。然而殊不知，作为一种"时间政治"的进步历史观，恰恰又是来自现代地理学意义上的空间知识的获得。正如黑格尔所说，"世界的新与旧，新世界这个名称之所以发生，是因为美洲和澳洲都是在晚近才给我们知道的。"①现代性在西方的自觉,实际上是因为空间意义上的地理大发现的产物。无独有偶,近代中国人的现代性观念的生成,也是由于林则徐的《四洲志》和魏源的《海国图志》等近代地理学著作的出现——在《山海经》这样的古代"神话地理学"基础上,当然不可能产生出"进步论"价值与现代历史观。某种意义上,是先有了现代地理学意义上的新视野之后,中国人才意识到,我们的国家并非是亘古不变的"天下"的"中央之国",世界上还有比我们更先进和更合理的文明。因此才会出现了严复的《原强》中所表达的那种"宗天演之术,以大阐人伦治化之事"的社会进化论思想,以及邹容的《革命军》中所说的"革命者,天演之公例也,世界之公理也"的革命逻辑。很显然,无论是进步论还是革命理论,其真正来源都是近代中国人在地理学上的自觉。

　　这也就可以反过来进行反思:为什么我们从现

---

① 黑格尔:《历史哲学》,上海世纪出版集团,上海书店出版社,王造时,译,2001年,第83页。

代的地理学上得以启蒙，却以单一时间维度的价值观屏蔽了空间意义上的地理观？而且还病态地坚持了一种简单化的观点，即，将来一定好于现在，现在一定胜于过去。在文学史中必定要建立一个从"低级向高级"的成长逻辑，或者改头换面，由政治的模型，改装为技术的或美学的模型，即"新"一定胜于"旧"，"现代"一定好于"传统"。综观20世纪70年代末以来的当代诗歌，我们确乎是以这样一个逻辑来建立文化与审美价值逻辑的，"新的就是好的"逐渐成为所有人的共识，从"朦胧诗"到"新生代"，从"90年代诗歌"到"新世纪"，这个轨迹确乎在一定程度上反映着当代诗歌的进步道路。我个人也从不反对这样一个价值逻辑，因为曾几何时当代诗歌为了从意识形态的藩篱中解放出来，曾有多少人付出了血泪代价，这个进步论的历史模型是不可以轻易被怀疑和动摇的。但另一方面，我们又必须看到，一维的和简单化的时间构造，也同样会遮蔽历史本身的丰富性，遮蔽和压抑每一时期诗歌生长的可能性。假如我们一味被时间意义上的变革逻辑所攫夺，也会发现我们的诗歌本身其实已经"走到了尽头"，有了一种山穷水尽的感觉，曾经有效和充满反叛意义的先锋写作在上述逻辑的促动和逼迫下，已变成了仅具有标志意义的"极端写作"，虽然有人声称可以"先锋到死"，但再往前走似乎已经没有路了。

显然，从写作的角度看，进步论造成了一个价值陷阱，即一个并不总是有效的逻辑，因为异端并不总是有意义的，原先代表变革与希望的先锋写作在今天差不多已"异化"为另外一种东西，即除非维持"非诗"和"反诗"化的策略，否则无法保持其"先锋性"。这样的写作如果成为常态，便成为一个问题；与此相反的另一种趋势，是不得不蜕变为一种"中产阶级趣味"的复制与仿造品，两者都走向了先锋艺术的反面，也如哈贝马斯所说，现代主义与先锋派已经走到了尽头，耗尽了现代性本身的推力。关于这样一个演化和蜕变的线索，笔者已在《先锋的终结与幻化——关于近三十年文学演变的一个视角》一文中做了较详细的梳理，这里不拟展开。我的意思是说，我们要对于写作本身的价值陷阱作出反思，需要借助另一个价值维度，这个维度便是非时间性的"文化地理"——引领写作者更重视自己的空间背景，或者至少可以少一些"时间焦虑"，多一些万古不变的看法。在我们的新诗百年节点到来之际，在经历了走马灯式的兵荒马乱的变革之后，多一些静水流深的开掘和潜滋暗长的化育，或许是更有意义的。

再者，从研究者与诗歌批评的角度看也同样值得反思，某种意义上，与写作者一样，当代诗歌的研究与批评之所以被现代性价值逻辑所推动甚至绑架，与现代主义的时间政治之间，是有着密不可分的关系的。在刘勰那里，"时运交移，质文代变"，虽然也隐约包含了一个"时代"观，但只是标明他对于文学与诗歌的观照是因时而变的，并没有为时运交移设定价值上的抑扬依据。"新时期"以来，尽管我们为重建现代性价值不懈奋斗，挣脱了政治学意义上的进步论的价值陷阱，但不知不觉也重新设定了另一个困境——因为"现代性"与"先锋"也同样是一种"时间政治"。基于此,研究者已习惯于用过于简单的方式,用那些在文学史上"刻下痕迹"的现象来构造一个文学史的框架,而对于诗歌运动内部的复杂性以及并置意义上的众多文本现象则视而不见,或失去了处理能力。尤其对于其艺术上的复杂性,更是缺少悉心的辨识与有说服力的分析。所见文学史和诗歌史式的描述,大抵近似,就是这一简单化处置方式与逻辑的表现。

有没有可能构建一个"非单一进步论视角的"当代诗歌史,或者不依赖于单一时间叙事的当代诗歌史呢?我以为这是值得我们思考和努力的。或者即便一时没有,那么替代性的方式也会具有意义,从这个意义上说,《中国当代民间诗歌地理》便是一种探索,一种建构的尝试,其中时间的谱系感并非全然缺席,但更重要的则是一种共时性的展开,相比时间构造的和进步论逻辑的诗歌史文本,它可能更有利于呈现当代诗歌的复杂性与共生性的特征,更有利于读者观赏文本的丰富性,而不是随之将之进行简单化的判断和予以"知识化"的认知。虽然这种总体性的努力还并不完整，但至少，它是一种建立对照性和反思性文本的尝试。

这种反思在我看来，还有一种强烈的"隐喻性"。民间诗歌地理构想的提出，就像20世纪90年代初期陈思和的"民间性"或"民间文化"这些概念的提出一样，是有其清晰的针对性的，它是对于某种中心论观念与种种权力固化秩序反抗的隐喻。这个隐喻的意义究竟有多大，每个人可能会有自己的判断，但在今天看来，它之于当代中国社会的三种文化元素——权力文化、知识分子文化与民间文化——的构造与互动关系的巧妙指涉，对于90年代初期精英写作的合法性的重建，给出了必不可少的和关键性的支持。很明显，"民间"的意义从来都不限于其自身，而是政治与知识分子都从未放弃的合法依托，因此这个隐喻有可能是政治意义上的，有可能是文化意义上的，只有在最低限度上才是文本意义上的。在90年代初期到中期的历史情境中，民间其实就意味着对于权力固化秩序的反抗，意味着对于精英文学思想与潮流的一种合法护卫与道义援助。

另一方面，在笔者看来，现代性还有一个很重要的法则，即在时间派生的价值之外，同时还应有一个"民主化的价值标尺"。这个价值类似于丹尼尔·贝尔所说的"天才的民主化"，它有天赋的合理性，当然也意味着一种蜕变和丧失，即从先锋文学运动、从现代派到后现代主义的一种转折，就像凡·高，或是某位现代主义的大师，由最初的无限孤独到最后生成为一种"制度化的美学风格"，成为一种消费品一样。丹尼尔·贝尔把这个过程描述为先锋文学的没落和"中产阶级趣味"的弥漫。我最近写了一篇文章谈论"先锋的终结与幻化"的话题，主要逻辑也是从他的观点生发出来的：对于先锋艺术的接受与认同，也意味着其思想价值与反抗意义的最终丧失——它变成一种中产阶级客厅里的观赏物与消费品，而不再是一种孤独的艺术创造。这就是由先锋艺术到中产趣味的一个必然降解。在我看来，某些为了保持其先锋性的写作者，不得不将写作转化为一种"极端文本"，变为德里达所说的"文学行动"，即单纯靠文本已经没有价值，而必须要靠同时存在的一种"行动"，才会建立其意义关系，尤其是靠人格范型的分裂性、自我贬谪意味等，来维持其讽喻意义。这自然是另外一个问题了。民间的隐喻性显然十分丰富，我们在这里主要是强调其对制度性的反思和反抗因素，来加以肯定的。

最后一点，是"诗歌民间文化地理"的本体性意义。各位刚才的谈论非常重要，西川兄所警惕的"伪地方性"，或是欧阳江河先生谈到的"被全球化惯坏的地方性"，或者"被地方性装饰过的一种所谓的全球化"等，我们确实要设置这样一些反思的前提，但在此前提之下，还是需要做本体性的研究。在今天，地方性问题我个人认为还是存在的——哪怕是有局限的、被扭曲或者放大了的地方性。比如，北京的写作整体上与广东的写作，确乎是有较大差异的——我们在理解个体性的同时，也不可能完全回避"地方性的总体性"这样一个问题，尽管当我们谈论时必须要有限制性的前提。广东作为"世界工厂"的那种极端性，其两极分化导致的那种作为底层人物或打工角色的写作，"天高皇帝远"式的那些形形色色的实验写作，还有他们无限具体与丰富的地域场景，与北京作为首都的敏感的文化氛围，强大的信息与观念资源等所支配的写作之间，都是很不一样的；还有上海的写作和大西南的写作，那几乎是不可同日而语的；在杭州所生存的诗歌群体，包括像"北回归线"群体的那种纤细、唯美与颓废的写作，同西部的某种地域性的存在也一定是不一样的。当然我们也不能把这些东西无限夸大，但是我觉得这些现象的认真研究和梳理是有必要的。一旦这些"非时间性"的特征被我们所注意和自觉，我们原来的文本判断中便会出现一些新的维度，关于当代诗歌以及整个新诗的经典化的工作也会出现新的视点与看法，原有的谱系与标准便会产生一定的改变，更多的有意义和有意思的文本便会被挖掘出来。一句话，整个新诗与当代诗歌的历史与经典的构成，便会有新的景观。

以上便是我对于"诗歌文化地理"这一话题的一些浅见。地理维度当然也不可能解决一切问题,但它可以补足时间维度所带来的弊病和欠缺,可以给我们的研究提供新的视点和动力,也会大大减少我们的价值困境与美学焦虑。

1998年秋济南
食指诗歌朗诵会
从右向左为食指、林莽、刘福春、笔者

关于"新世纪诗歌二十年"的几个关键词

谈"新世纪诗歌二十年"这么大的题目，我有点惧怕。年轻时喜欢讲总体性，大而无当地谈，容易总结一些看上去貌似正确，知识意味也强，可信度高，总结那么几条，写个修辞感挺强的文章，蛮得意的。但是年纪越来越大的时候，却对总体性的不容置疑深深地怀着恐惧。好像"二十年"一定是冥冥当中有一个总体性的东西，让我们来总结。其实根本没有，历史本身的偶然性有时是难以捉摸的。

20世纪80年代是一个开放的、启蒙的年代，90年代更多是一个修习、实践和创造的年代，建设性更强。当然，历史的断裂和转换，也赋予了90年代诗歌的某种高度，使它有了人文性、知识分子性、批判性和个人的思考性，这些都特别重要。当年诗坛"盘峰论争"我确实是在现场，当时并不是很理解，觉得一帮人在这儿表演性地吵架，我作为一个山东人便很着急——后来想想很可笑的，山东人的观念是"和为贵"，千万不要吵，想做"和事佬"。但事实证明山东人是很傻的，人家两方都是刻意要放大分歧，表明自己的存在感。

这段历史怎么理解，现在回过头去看，是原有社会结构的解体造成的。市场经济给文化、艺术的发展提供了充分的自由空间。在这个自由空间到来的时候，原有的写作群体（知识分子群体）感到了某种陌生和不适，这种情况下，所谓的适应市场时代的价值，还是坚守所谓的人文精神，其实两者是堂吉诃德与羊群、风车之间的关系，关公和秦琼之间的关系，并没有直接的矛盾。但是他们想象出一种不同，实际上它是殊途同归的，无论是口语还是知识分子写作，无非就是对于现实的不同判断和表达不同的态度。所以，最后是迎来了所谓的新世纪——"文学新世纪"。在我看来，这些年如果说有文学运动的话，那么总体上就是一场"写作的众声喧哗"，不止是所谓的民间写作和知识分子写作，还有更多奇奇怪怪、七七八八的写作，大家都要出来。

所有这些元素加起来，使得新世纪之初出现了一个"全景的狂欢"。这个狂欢是前所未有的，一个是"70后"一代借助这个狂欢登上诗坛；再就是各种名目,包括很多行为艺术,都是诗歌的社会学现象。就是说,这个时期体现为众多求新求异求怪现象的次第登场。如果单个从道德的眼光来审视,从诗歌审美的角度来衡量,这些都有很大问题,你可以嗤之以鼻,不屑一顾。但是它的出现总体上作为文化现象来观察,便可以认为是中国新诗有史以来的"第三次解放"。第一次解放是"五四"的"诗体大解放";第二次是所谓"新时期",即从"朦胧诗"那个时期,地下诗歌开始可以存在,可以很活跃地来展示它们的创造力;第三次解放,就应该是新世纪之初很多年中呈现的这场运动。这种解放我们不一定从文本的意义上、审美的意义上来过分推崇它,但它一定是一个大众文化时代、大众传媒时代的显形,是我们多年梦想的一个"平权"状态的到来,这个你承认也好,不承认也好,它都是一个客观事实。

总体上来看,近二十年至少在前一个十年我是很乐观的,我觉得我们应该承认这种历史的进步。历史的进步不一定是文化的高峰,或者是一个伟大的创造性的时代，不一定。"物质生产和精神生产不平衡的原理"，还是始终成立的，它是一个社会学现象。我从总体上勾画了一下，就想了下面这么几条。

一个是"极端写作"的彰显和先锋写作的终结。先锋写作基本上在世纪之交已经终结了，因为先锋写作是人文主义的一种写作，它是以思想上、精神上的叛逆性，艺术上的前卫性、实验性、探索性为标志的。这种写作肯定在世纪之交以后面临着终结，虽然有人在说"先锋到死"，或是"一路狂奔"之类的话语，但这些都不是先锋写作的标志。因为先锋写作一定是对着一个固化的和秩序化的东西来说话的，而这帮人则是对着一个狂欢的年代在撒欢儿，在并没有任何压力的情况下扬言的。所以，是时代的转换使先锋写作失去了存在的环境和条件，只是成为表明它形式上的依然存续，而衍变为了极端写作。

极端写作保持了对日常性的反对逻辑，但是它也无法规范自身，所以就表现为粗鄙化、"逆消费化"。"逆消费化"是我自己发明的，我还没有写文章仔细地阐述。什么叫作逆消费化？就是看上去是反对消费的，但是实际上又构成或"被构成"了消费。我觉得，真正能够担当诗歌精神价值的，就文化身份而言，还是知识分子的写作，或者说是"知识分子性"这么一种身份。因为他真正能够构成严肃的思考，艺术上的持续的、真正的探求和精神上的承担，能够建构一个正面的、具有人文性的文化身份。但是在新世纪中，类似于这样的写作者们似乎并未有效地担负起这个使命，而只是扩展了它的社会学内涵、它的消费性的价值，并没有给诗歌的建设提供太多新的东西。所以，就诗歌运动本身而言，我觉得并没有结出硕果。唯有一个作用，就是它本身构成了一个"生态"。前段时间，我参加一个诗歌座谈会，有人提出来，要给诗歌界来一次"大扫除"，我听了以后有点不寒而栗。因为这是一个大海，一座森林，一个生气勃勃的大自然，应该允许各种鸟兽鱼虫存在。我们的诗歌界不应该要定义一种唯一的道德，因为道德永远是个历史范畴，你站在道德高地轻易地谈论清除，对于所有元素构成的生态都是一种威胁，这与破坏森林和自然的生态系统是一个道理。这是我想说的第一个问题。

第二个问题，是"文学地理的细化"，文学地理针对的是"历史"这样一个范畴或者维度。中国古代观照诗歌、评价诗歌大致有两种方式：一种是孔子的方式，就是他编《诗经》的方式，即以"文学地理"的概念来处置"十五国风""雅"和"颂"。孔子处理了将近800年的"当代诗歌"，就是周朝有史以来到孔子这儿的诗歌，他并没有用历史线索来描述，而是用了文化地理的分类，周南、召南、齐风、王风……他是用"十五国风"来规划他的诗歌总集，规划他的诗歌史的。所以他并没有让所谓的"时间逻辑"呈现出来。虽然我们是一个对历史非常敏感的民族，很早就有《春秋》，但是我们从来没有把历史真正地时间化，时间逻辑化。这个东西还是哲学家黑格尔创造的，有了所谓进步论、必然论的历史逻辑，才把历史描述为今天的样子。中国古代首先是以文化地理的思维来处理诗歌的。再一个就是按照文学本体的标准，将诗歌分为不同的"品级"，如钟嵘的《诗品》，司空图的《二十四诗品》，以及与此同源的"选学"与"诗话"，也近乎于一种文本细读的观点。所以总体上中国人并没有进步论的历史描述。

进入世纪之交以后，诗歌从进步论的历史逻辑当中基本脱离出来。它真正进入了宽阔的场域，好比长江、黄河经过了三峡和壶口瀑布，进入了平缓的下游，开阔的、万象并存的一个局面。这可能是一个变化，由时间逻辑到空间展开的一个过程——这本身当然也是一种"历史描述"。

文学地理的细化最早是由地方性体现出来的，比如说广东的"打工诗歌"，是由这里作为所谓世界工厂、改革开放前沿，各种年轻人、自由职业者的汇聚而导致的。打工诗歌发生在这儿，而不是别处，显然有其地方背景。还有像西南地区大凉山的发星等一批人，彝族的写作者，或是汉族和少数民族混居地区的写作者，他们的汉语非常不一样。还有北京，北京这种观念化的、国际化的和流行文化特别发达的地区，它的诗歌经常出来一些新的观念性的东西。当然现代诗歌的历史可能是从四川开始的，一直到

20世纪80年代重心都是在四川，但是现在慢慢各地都有自己的文学小地理、文学小气候。大家不再为简单的时间性的观念去写作，而是为了自己背后的这块古老而广袤的文化土壤、为了这块精神的田园来写作，这可能是诗歌的福音。所以所谓的代际、时代、超越、新潮这些趋势渐趋弱化，这是好现象。

最后谈一点，即"写作的碎片化、材料化或者未完成性"的问题，关于这些年"大诗写作"，大的诗歌写作，或者长诗的写作——有些不见得是长诗，但一定是观念比较大，有长诗的抱负。有一种共同的趋势，就是材料化。有一个形象的例子是徐冰的大型装置艺术作品《凤凰》，这个我许多年前就谈过了，它是一个具有"元写作"意义的东西，他用废旧塑料、建筑垃圾、废旧钢铁和各种杂物，用这些"现代性的材料"做了一个漂亮的装置。这个装置会形成一个"总体性幻觉"，就是在夜晚，在"现代主义的黑夜"，也即海德格尔描述的"世界之夜"降临的时候，在夜空里经过灯光的投影，它会呈现为一个"后现代的神话",是两只巨大的光与电的凤凰,真的很美。

然而在白天,在日光之下,它会还原为一堆垃圾——尤其近距离地看,你就会看到这些垃圾原有的碎片的形状。这就是对当代艺术、当代文化甚至文明的一种特别生动的诠释。那么欧阳江河其实就是对照性地、阐释性地就此写了他的长诗《凤凰》,完全复原了徐冰的装置凤凰的特点,就是它词语的碎片化,词语的未溶解性,词语在整个诗歌里面呈现为堆积连缀、强行地植入这样一种状态。欧阳江河非常准确地理解了徐冰,也就非常准确地通过《凤凰》把握了我们的时代的文化样貌、内在结构和"被仿造"的属性,他把这个东西形象地用语言诠释了出来。

但是这种诗非常明显的一个文本特点,就是开放了其"未完成性"——是刻意的未完成性,当然也是"主体性意义上的不可完成性"。再加上它裸露的碎片性或泡沫性,将这些东西完整地裸露地保留在文本里。这和他之前的作品《汉英之间》《玻璃工厂》《傍晚穿过广场》等相比,其未完成性和材料感便更加鲜明,因为前面这几首都堪称是杰作。敬文东也承认这一点,就是欧阳江河是"有杰作的诗人",尽管文东指出了他很多问题,但是欧阳江河之前的大诗创作仍然是完成性的。《凤凰》是明显的未完成性的作品。

我们这样说,不是简单地去贬低诗人的创作,相反诗人是和这个时代保持了文化意义上的同步。因为我认为,某种意义上,从主体性的角度来讲,他们也是不可完成的。除了上个时代的海子,具有终结性的意义——对于农业经验背景下的写作的终结;我们这个时代还没有出现真正的"但丁式的诗人",那种能够开创一种文明的大诗人,因为这样的条件几乎已经不存在了。没有一个诗人能够创造出一个具有总体性、神性、三位一体的,具有创新"创世"的、重生性的作品。具有这种能力的人,我们这个时代还没有出现。我们时代的诗人是与时代对称的,但是并没有改变这些时代性,或者说并没有"创造时代"。这可能是我们这个时代写作的问题。

2015年冬北京
笔者与作家铁凝、诗人食指、翟寒乐夫妇

后　记

少就是多。之前我说过这个话,在后记中要兑现。

由我自己策划和主编的"密涅瓦诗丛"中,加入了自己的诗集,也算"搭便车"了。但我希望自己的搭车,并不纯然是一个近水楼台占便宜的事情。我希望能借此来检点一下自己,比如我总感觉自己的语言还有问题,不够直接和感性,不够准确和犀利,不够丰富和厚实等。这不是谦虚,是实实在在的一种自我反思。所以我希望能够借机推进一下自己的写作,希望有所变化和有所突破。

见贤思齐吧。

我的写作大概在2016年年末重启,之前经过了一个漫长的停顿期,间或有冲动,但产量低,也不够有专业性。2017年出版了《形式主义的花园》,算是一个刺激;此后保持了较高的产量,也得益于《花城》《十月》《钟山》《作家》《人民文学》等杂志的推助,大概出现了一个为期两三年的兴奋期。2018年至2019年所写下的150首左右,结集成了《一只上个时代的夜莺》。

2020年后，我似乎进入了一个相对的衰减期，产量下降了约一倍。整个2020年，在疫情影响下，我的注意力转向了散文随笔的写作，作品主要结集为《春梦六解》。但此次打点箱笼，也大概有新作60余首，且写了一首300余行的长诗《鬼魂诗》，修改少量旧作，变换了一些形式，加了"写作手记"等元素，以使诗集的信息量得以增加。

关于写作的一些想法，在前面的文字里都已经交代了。这里我想说的是谢天谢地，我还能够持续写作，这应该感谢生命中的各种机缘，感谢朋友们的鼓励。我希望自己能够一直写下去，写到别人和自己不能忍受为止。

感谢赵晖女士。她作为西苑出版社的领导，对这套书的出版起了举足轻重的作用。在编纂本书和整套丛书的过程中，我都感受到了她清风明月般的思想、气质与境界。也感谢作家李洱，他是我与赵晖相识的接驳人。而且，他对于诗歌的理解，也时常对我构成神妙的启示。他虽然是个不分行的写作者，但在骨子里却是一位真正的诗人。

2021年5月26日夜，北京清河居

图书在版编目（CIP）数据

镜中记 / 华清著. -- 北京：西苑出版社, 2022.3
ISBN 978-7-5151-0815-5

Ⅰ.①镜… Ⅱ.①华… Ⅲ.①中国文学－当代文学－作品综合集 Ⅳ.①I217.2

中国版本图书馆CIP数据核字(2021)第184246号

镜中记
JING ZHONG JI

项目策划	赵　晖
项目统筹	辛小雪
责任编辑	辛小雪
装帧设计	黄　尧
责任印制	陈爱华
出版发行	西苑出版社 XIYUAN PUBLISHING HOUSE
地　　址	北京市朝阳区和平街11区37号楼　邮政编码：100013
电　　话	010-88636419
印　　刷	三河市嘉科万达彩色印刷有限公司
开　　本	880mm×1230mm　1/32
字　　数	94千字
印　　张	7
版　　次	2022年3月第1版
印　　次	2022年3月第1次印刷
书　　号	ISBN 978-7-5151-0815-5
定　　价	56.00元

（图书如有缺漏页、错页、残破等质量问题，请与出版社联系）

密涅瓦丛书

第一辑

镜中记 / 华清

接招 / 西川

多次看见 / 敬文东

电影与世纪风景 / 张曙光